死亡遊戯で飯を食う。
鵜飼有志
イラスト―ねこめたる
JN047730

プレイヤーネーム
幽鬼（ユウキ）
年齢
十七歳
誕生日
四月十八日
好きなもの
コンビニで買うアイス
苦手なこと
日が昇っている時間帯に
起きること
趣味
夜の散歩
特技
背後から近づいてくる気配を
読むこと
職業
殺人ゲームのプレイヤー、および学生
得意武器
刃物や鈍器など、手に持って
直接相手を攻撃するタイプのもの
負傷のある箇所
右目の虹彩（視力には問題なし）
〈ゲーム〉のクリア回数
二十七回
これまでの〈ゲーム〉で殺害した人数
数知れず。

死亡遊戯で飯を食う。

鵜飼有志

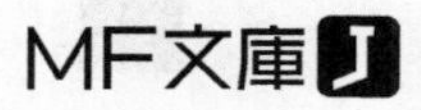

CONTENTS

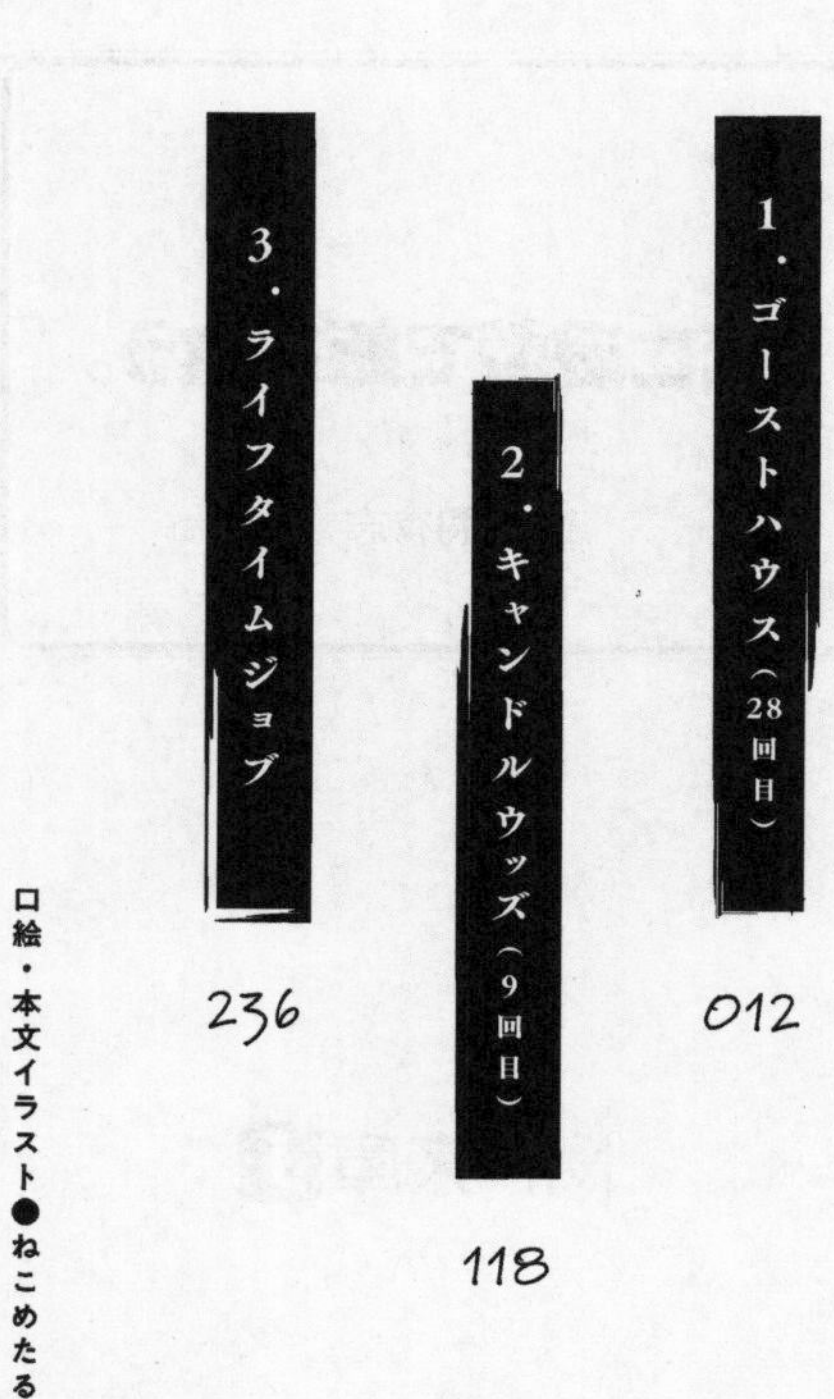

口絵・本文イラスト●ねこめたる

これは、とあるいかれた世界の話。

1.ゴーストハウス(28回目)

（0／23）

知らないベッドの上で幽鬼は目を覚ました。

（1／23）

最低でも五人は一緒に寝られるだろうというような。

天蓋のついた、周りをカーテンで囲える機能のついた、深窓の令嬢がお休みになっているような、およそ一般人が一生関係することのなさそうな、豪華なベッドだった。

知らないベッドだった。

なので、これは、幽鬼が上流階級の人間だということを意味しない。寝起きばっちり、幽鬼は体を起こした。毛布はかけられていなかった。下に敷く形で寝かされていた。また、ベッドに対し幽鬼の体は斜めになっていたので、その頭は枕を外していた。こうなると〈寝かされていた〉という言葉は適切とは思えず、横になっていたとか、あるいはもっとひどく、転がされていたとでもいうべきかもしれなかった。

その服装も、当然のように寝間着ではなかった。

平たく言えば、それは、メイド服というやつだった。

「……おお……」

自分で自分の姿を見て、そういう声が彼女から出た。

メイド服だった。白と黒のコントラストが魅力的な、あれである。もうだいぶ前にブームも過ぎ去った、しかし熱烈な愛好家を全国に残すあれである。それで描写が足りないという声があったとするなら、応えよう、ワンピースの上にフリルの多いエプロンを付けた衣装だ。スカート丈は極端に長いか短いかの二択なのだが、幽鬼（ユウキ）の着ているそれは、長いやつだった。クラシカルスタイルと呼称されるものだった。

クラシカルな幽鬼（ユウキ）はベッドを降りた。

豪華なベッドにお似合いの、豪華な部屋だった。

幽鬼（ユウキ）は家柄が悪いので、どこがどう豪華なのか、教養ある言葉で表すことは悔しいが叶（かな）わない。それでもだましだまし語るとするなら、品格のある部屋だった。どうやって掃除するのかなというぐらい天井は高く、横にも縦にもばかに広い。それと反比例するかのように家具は少ないのだが、ひとつひとつがチェスのクイーンめいた強力な存在感を放っている。どうして幽鬼（ユウキ）がわざわざそんな比喩を用いたのかといえば、まさしく、部屋の床が白と黒のチェック柄をしていたからだった。チェス盤を彷彿（ほうふつ）とさせる、白と黒。

白黒をしているのは床だけではなかった。高い天井に四面の壁、ベッドをはじめとする調度の数々、幽鬼（ユウキ）の着ているクラシカルなメイド服に至るまで、その部屋のありとあらゆるものが白黒だった。モノクロの部屋だった。幽鬼の肌色が唯一の例外であるが、でも、その幽鬼さえもわりと色白なほうだった。

そういう部屋だった。

そういう部屋の、なにひとつ、幽鬼には心当たりがなかった。

あのベッドで〈寝ていた〉のだから、幽鬼には、あれに背中を預けた過去があるはずだ。だが、思い出せない。あのベッドで寝た記憶はおろか、部屋に入った記憶も、メイド服に着替えた記憶もない。気づけば知らない部屋にいて、知らない服を着せられていて、知らないベッドの上で寝ていた。

そういう状況を、世間ではなんと呼ぶのか。

部屋に、窓はなかった。地下に位置しているということか、単に外壁に面していないだけか。窓はないけれどドアはあった。幽鬼はしばらく――部屋の端まで移動するだけだというのに〈しばらく〉だ――歩いて、扉を検分し、ドアノブをつかんだ。

抵抗なく回った。

開いて、廊下に出た。

ゆっくりと、幽鬼は外をのぞいた。

部屋と同じ、豪華で白黒な廊下だった。

見たところ、豪華で白黒なまま、遠くまで続いている。

ゆっくりと、部屋を出た。ドアは開けたままにしておいた。

足音を立てないよう気をつけつつ歩いた。廊下に、窓はなかった。左右等間隔に、扉が並んでいた。そのうちのいくつかは、幽鬼（ユウキ）がしたのと同様に開けっ放しであり、それがなにを意味するのか、彼女にはおおよそ予想がついていた。

窓がないゆえ、幽鬼（ユウキ）がこれ以上自分の置かれている状況を知ろうと思えば、立ち並ぶ扉のどれかを開けてみるしかないのだが、いちばんでかいやつをどうせなら開けてやろうと幽鬼（ユウキ）は心に決めていた。大抵の場合それが正解だからだ。いちばん大きいやつは廊下の突き当たりにあって、幽鬼（ユウキ）は、地雷原を歩く兵士のような慎重さでそこまで歩いた。

着いた。

ドアノブをひねり、中に入った。

食堂に出た。五人のメイドさんがいた。


（2／23）


例により、白と黒の食堂である。

部屋の中央に、テーブルが置かれていた。そんじょそこらのテーブルではない。一人ではとても持ち運び不可能な大きいものであり、両側に三脚ずつ計六脚の椅子があり、机上には真っ白なテーブルクロスがかかっていて、しかも、見たところ、お菓子らしきものを載せた大皿すらあった。ここまで条件が揃(そろ)っているとなると、食堂で決まりだった。

六脚の椅子が、五つ、すでに埋まっていた。

五人とも、メイドさんだった。

全員が女の子だった。――と断言するのはまだ早いかもしれぬが、幽鬼(ユウキ)の目にはそう見えた。見たままの推測でさらに語らせてもらうと、年齢は上が大学生、下が中学生といったところ。〈女の子〉〈少女〉といった言葉で総じて表すことのできる、はかない時期の娘さんたちだった。

ところで、メイドさんというのは、服装よりも中身が大事だというのが一部マニアの見解らしい。どんなときでも慌てず騒がず堂々と、どんな問題も涼しい顔でさぱっと解決してみせる、それが使用人、仕える者の美であるらしい。そういう目でもってこの五人を評価したなら、全員、不合格だろう。洒脱(しゃだつ)なメイドさんは一人としてなかった。そわそわしている者、左に右に警戒を向けている者、背もたれに体重を預け椅子をきいきい言わせている者、顔を下に向けてどうやら泣いているらしい者もあった。それの背中をさすって落ち着かせているらしい者も一人あったが、その彼女にしても、余裕ある面持ちとはいえなかった。

全員が本物ではなかった。

メイド服をただ着せられているだけの人間たちだ。

新しく現れた六人目のメイドさんに、五人の視線が集中するのは自然なことだった。幽鬼（ユウキ）は、見られるがままになり、テーブルのそばまで歩き、六脚目の椅子を引き、その格調高さにはとても釣り合わない尻を乗せた。そして言った。「どうも」

「幽鬼（ユウキ）っていいます。よろしく」

沈黙があった。

溜（た）めに溜めて、誰かが答えた。「……よろしく」

「この感じだと、私が最後かな」

「だと、思います」

同じ娘が答えてくれた。その娘に幽鬼（ユウキ）は狙いを定めた。「全員、最初からここにいたの？」

「いいえ。みんな寝室で起きて、なんとなくここに集まった次第で……」

「けっこう待ったのかな」

「そんなには。十分か、二十分ぐらいだと思います」

「ごめんなさい。どうも、眠りが深い体質みたいで。いつも遅くなるんだ」

「……落ち着いてますね。やけに」

警戒を含んだ視線だった。

「こんなところにいるというのに」

「ああ、うん、その……」

幽鬼は、言葉を選んだ。

「私は、初めてじゃないから」

続けて言った。

「みんなは、初めてなのかな、たぶん」


（3／23）


なにから話したものだろう。

考えてみれば、こういう機会は初めてだった。五人の女の子たちとはまた別の理由で、幽鬼の心はあわあわとした。「ええと……まず」

「事情のわからない人って、何人いる？　なんで自分がここにいるかわからない人は……その、手をあげて」

率先して幽鬼は手をあげた。どのように手をあげるのかわからないなんてやつはいないだろうから、これは、手本ではなく、手をあげさせやすくする精神的配慮だった。

幽鬼のほかに、二人の手があがった。

「ゲームのことは知ってたけど、参加するのは初めてな人は？」

残る三人のうち、二人の手があがった。

最後の一人が言った。「私は二回目です」

「おそらく、あなたのほうが経験豊富ですよね」

「うん。多い。……だいぶ」

「じゃあ、幽鬼さんに任せます」

そう言われても困るのだった。幽鬼は言葉を探す。「……とりあえず」

「もう誰かから聞いたかもしれないけど……この建物は、危険です。どこに罠が仕掛けられているかわかりません」

泣いていたメイドさんの肩が、ふるえた。

「罠というのは、ガムを取ろうとしたら指が痛いとか、椅子に座ったら屁をこいた音がするとか、そういうのではないです。命が危ないものだと思ってください。もうすでに怪我をしたという人は？」

「いませんね」

「よかった。これからは、できるだけ動き回らないようにしてください。こうして食堂に集まるのも、初めてなら危険なことです。一人も欠けてなくてよかった」

「要するにこれは――」

要領の悪い説明に業を煮やしたのか、誰かが聞いてきた。

「〈脱出ゲーム〉と考えて、いいんでしょうか」

「はい。そうです」

いつの間にか敬語になっていることに幽鬼は気づいた。なぜだろう。大勢に語りかけるとき、人は自然に敬語になるものなのかもしれない。そのままで幽鬼は続けた。

「死のトラップに引っかからないよう気をつけながら、建物の出口を目指す。そういうタイプのゲームですね」

「脱出……は、しなきゃいけないんですよね」

また誰かが聞いた。「はい」と幽鬼は答える。

「脱出しないことには、元の生活にはもちろん戻れませんし、賞金も出ません。時間制限は、これまでに示されていないのなら〈ない〉と考えていいでしょう。でも、食べ物にも飲み物にも限りがあるので、それが事実上のリミットということになります」

「……あの……あの！」

泣いていたメイドさんが言った。

「本当なんですか、これ？」

「言いにくいですけど、本当です」

「本当なわけないじゃないですか！」

大きな声だった。

「だって、こんな、こんなの」

「その辺り、私も疑問があるのですが」

背中をさすっていたメイドさんが続いた。

「一攫千金（いっかくせんきん）かつ命懸けのゲームだというのは聞いてます。しかし、これは一体なんなんです？　どこかの大富豪の人に言えない趣味？　それとも、もっと商売っ気のあるもの？」

「はっきりとは知りません」

幽鬼（ユウキ）は首を振った。

「ただ、常に撮影はされてます。監視カメラを通して、私たちを見ている〈観客〉がいます。たぶんなんですけど、私たちのうち誰が生き残るか、賭けてるんじゃないかと思います。人によって、その……賞金が変動したりするので」

「どういう人なら多くもらえるんです？」

「いちばんには、顔がかわいい人です」

「……世知辛いですね」

さっきまでとはまた違った趣の沈黙。

「みなさん、生き残ったら多くもらえると思いますよ」

そう言ってみた。少しでも空気が明るくなればと思ったのだが、だめだった。

「こちらから外部の反応は見えないんですよね」

「はい」

「双方向性がないのか……じゃあ投げ銭とかはないのかな……」

そのメイドさんは思案を始めた。また別の娘が「こんなことってあるんですね」と言った。

「ある意味よく聞く話ですけど、本当にあるとは思いませんでした」

幽鬼（ユウキ）も同感だった。

とはいえ、まったく非現実的な話ではないと思う。人類の歴史上、ギロチン処刑が娯楽として扱われていた時代はあるわけだ。奴隷を猛獣と戦わせて遊んでいた時代もあるわけだ。昨今は倫理なんて言葉は犬にでも食わせておけ、えげつない商売をすればするほど〈必死の努力〉と捉えてもらえる価値観が支配的なのだから、そこに、揃（そろ）うべき条件が揃えば、〈こういうもの〉が生まれたとしてもおかしくはない。今はまだ〈裏〉だけれど、もう三十年もすれば、こういうのが堂々表を闊歩（かっぽ）するのではないかと幽鬼（ユウキ）は思っているのだが、さすがにないだろうか。この業界に長くいるから、バイアスがかかっているだけだろうか。

未来のことはさておき、あるものはあるのだった。

正真正銘、人が死んじゃうゲームだ。

聞かないほうがいいのかもしれませんけど」さっきと同じ娘が言った。「生還率って、どのぐらいになるんですか」

「あ、それは大丈夫です。参加者がほぼ全滅するゲームもないではないですけど……だいたいは、七割前後ですね」

「全プレイヤーの平均でしょう、それは」

〈二回目〉であるらしいメイドさんが突っ込んできた。

「初心者の場合は？　幽鬼（ユウキ）さんの目から見て、私たちが生きて帰れる公算はどのぐらいです？」

「……」痛いところを突かれた。幽鬼（ユウキ）は言う。「初めてということでしたら、それよりは、低いですね。ですが——」

そろそろ敬語はやめようと思った。幽鬼（ユウキ）はわざとらしく咳払（せきばら）いをした。「でも」

「大丈夫。私のゲームのスタンスは利他だから。なるべくたくさんが生きて帰れるように、サポートするよ」


（4／23）

「利他？」誰かが聞き返した。

「このゲーム、ほかのプレイヤーへのスタンスは三種類あるんだけど……」言ってる途中で、これは質問の形式にしてみようと幽鬼はひらめいた。「なにかわかるかな」

「自分が生き残るために、〈利用する〉」

「うん」

「〈無視する〉。他人とは極力関わらず単独でのクリアを目指す」

「うん」

「最後のひとつが……死なないように〈助ける〉ですか」

二回目の娘さんが疑わしげな視線を向けてきた。

「しかし、なんだってそんなことするんです？　そりゃ、サポートしていただけるのはありがたいですけど、それと引き換えに幽鬼さんはなにを得るんです？」

「長い目で見れば、それがいちばん生存率が高いんだよ。ここでみんなに借りを作っておけば、次にどこかのゲームで会ったとき、私の有利になるよう動いてくれるかもしれない」

「次って、次のある人が何人いるかもわかりませんよ」

「それでもいいよ。自分の利益を損なわない範囲でなら、見捨てるより助けたほうがいい」

本心だった。

が、幽鬼への疑わしげな視線は消えなかった。「まあ、それでも」と彼女は付け加えた。

「警戒はしたほうがいいね。こんなこと言って、実際、腹の中は暗黒かもしれない。弾除けぐらいにはなるかなって考えているのかもしれない。そこのところは、各人で判断してもらうしかないね」

　言いながら、幽鬼は、テーブルの上の大皿に手を伸ばした。チョコレートだのクッキーだの、マフィンだのマカロンだの、その他名前のいまいちわからないやつらだの、多種多様な菓子類が並んでいた。例によってそれは真っ白か真っ黒かの二択で、食欲をそそる色合いではなかったものの、とはいえ、お菓子なのである、食べたくならないことがあるはずもなかった。幽鬼は包みを破り、ダークな色合いをしたマフィンを一口かじった。

「食べていいんですか、それ」

　信じられない。そんな目をメイドさんたちはしていた。「うん。おいしいよ」と答える。

「そういう種類のゲームでもない限り、食べ物に毒が入ってるってことは基本ないよ。ゲーム中の飢えをしのぐためのものだからね。人の命をもてあそぶゲームでも、そこの線引きは案外しっかりしてるもんだ」

　見たところ、誰もお菓子に手をつけていなかった。食べ物が喉を通る状態でないというのもあっただろうし、それに、人が死ぬゲームという観点でこのお菓子を見たとき、あまりにもこれは怪しすぎる。ためらいを覚えて当然だろう。

　幽鬼の言葉を受け、一人のメイドさんがおそるおそる手を伸ばす。

が、その手は、なにもつかむことなく停止した。

同メイドさんは幽鬼に視線を向け、「……〈こういうの〉を、警戒しないといけないんですよね」と言った。幽鬼は笑う。「まあね」

「もしかしたら、安全なお菓子を見分ける方法を隠してるかもしれないからね」

実際には、そんなもの存在しない。単純においしそうだと思ったのでマフィンに手を伸ばした。ゲームの舞台に配置されている飲食物は、聖域なのだ。食べてもよろしいという公式のアナウンスがあったわけではないのだが、しかし、不文律があった。人権をやすやすと侵害するこんなゲームとあっても、守られているものはある。そうでなければ、商売にはならないし、幽鬼のようなヘビープレイヤーを生むこともないだろう。

さて、しかし、そういった事情を知らないほかの五人は、このお菓子に対して警戒を続けざるをえない。つまるところ、幽鬼の独り占めという構図だ。マフィンをもう一口いって彼女はご満悦な表情となるが――。

正面から手が伸び、食べかけのマフィンがかっさらわれた。

「えっ」

前を見る。さっきのメイドさんだった。「こうしろってことですよね」彼女は言った。

「いや、あの、違うんだけど」

応答はなかった。三口目は彼女がいった。「ああっ」と幽鬼は声をあげた。

気を取り直し、幽鬼はまた大皿に手を伸ばすのだが、そこで、自分の犯した重大なミスに彼女は気づいた。今度は袋すら開けさせてもらえなかった。また別のメイドさんの手が横から伸びてきた。手と手が触れた。白色のマカロンを奪われた。同じことがあと三回ほど繰り返された。自分より低い体温の持ち主がこの中に一人もいないというのが、幽鬼の得たただひとつの知見だった。

（5／23）

「じゃ……じゃあ、そろそろ、みんなのこと教えてほしいな」

　腹ごなしは終わった。幽鬼の考えていたよりみんな、消耗していたらしく、あのあとも幾度となく幽鬼は菓子を奪われた。ばくばく食べていた。あまりにも取られるので、最後のほうはもう、目を閉じて指の感触だけで誰の手か当てるということをやっていた。その段になって、そういえば、まだ名前も聞いてないことに幽鬼は気づき、まろび出たのがこの台詞というわけだった。

「まずは私から」五人の視線を受けながら、言う。「幽鬼といいます。ゲームのプレイ回数は、これで二十八回目。みなさんに比べて多少なりと経験がありますので、この建物から脱出するお手伝いをできればと思っています」

「そんなにやってるんですか」

誰かが言った。全員が、たぶん、同じことを思っていた。

「二十八回というと、相当な金額ですよね。なにが目的で？」

「や……私は、お金じゃなくて」照れを覚えつつも、「連勝記録を目指してるんです。目標は、九十九回」

「え。……このゲームでですか？」

「はい。……うん」

「連勝って、負けるときは死ぬときですよね？」

「うん」

「生還率が七割なんですよね？　それが九十九ということは」

「計算しないで。怖くなるから」

「なぜにそんなことを……？」

「向いてると思ったから」何度も聞かれてきたことだ。幽鬼の答えは早い。「やっぱり、人間、得意なことで勝負したいよね。私の場合は、これだったんだよ」

全員が沈黙した。

幽鬼に向けられる視線のすべてが、また、警戒を含んだものに戻った。まずかったか。適当にごまかしたほうがよかったかもしれない。

「えっと、あの」

いつまでも沈黙してはいられない。幽鬼は口を開いた。「それじゃあ、次、お願いします」

正面のメイドさんを幽鬼は手で示した。幽鬼のお菓子を最初に奪った娘である。

「金子です」

金色のツインテールが特徴的な娘さんだった。この部屋には白と黒しかないので、よりいっそう、まぶしかった。見てて心配になるぐらい体の細い女の子というのがこの世界にはときどきいて、金子はまさにそれだった。無遠慮に触れたら折れてしまいそうなぐらい細い首、骨と皮どころか骨すらないのではと疑わしくなるぐらい細い指、メイド服なんていうゆったりの権化みたいな衣装の上からでもわかるほど華奢な体つき。六人のうちいちばん体が小さく、また、いちばん年下でもあるものと思われたが、割合しっかりした顔つきをしていたし、〈さっきのこと〉と合わせても、ある程度、自分で考えて動ける能力があると幽鬼は評価していた。

「ゲームは、これが初めて。目的は、借金返済のためです」

「借金？」

幽鬼は首をかしげた。借金などする娘には見えなかったのだ。「そうは見えないね」

「私のじゃありません。親のこさえた借金です」

「……そういうのって、子供には責任いかないいんじゃないの？」

「それはそうですが、借りたものは、返さなきゃいけないと思うので」

幽鬼は、黙った。

そう言われたら、返す言葉はなかった。彼女は、〈そういう人〉なのだ。――幽鬼も人のことをいえた身分ではないが――端金に命まで賭けるこんなゲームに参加しようという人間は、総じてどこかに〈ずれ〉を抱えている。死への恐怖が薄いとか、損得勘定に欠けるとか。金子のずれはそこにあるのだ。欠点に数えられるほど高い責任感。

金子は右を見た。右隣には、例のぼろぼろに泣いているメイドさんが座っていた。しゃべることのできない状態だと判断したのだろう、金子は自分の正面右側にいたメイドさんを手で指し示した。「次、お願いします」と言った。

〈二回目〉のメイドさんだった。「黒糖です」と、金子よりもリラックスした調子で名乗った。

「ゲームは二回目。つっても二年ぶりなんで、ほとんど未経験みたいなもんですね。目的は、まあ、生活費を求めてってところです」

アンダーグラウンドな雰囲気の娘さんだった。

下衆な記事ばかり書いている週刊誌の記者みたいな、どんなものでも調達してくれる刑務所の売人みたいな、日の当たる世界の住人ではまずないだろう雰囲気。ただし、例によって、その顔立ちはかなりかわいらしいので、アングラな雰囲気を放つかたわら、無理して悪ぶっている不良少女のようなほほえましさがわずかに同居していた。

ショービジネスという性質上、ゲームに呼ばれる女の子は基本的に顔がいい。顔のいい娘さんとたやすくお近づきになれるのは、このゲームの数少ない魅力のひとつだ。もっとも、お近づきになったところで、その絆（きずな）がいつまで継続するかはわからないのだが。

「生活費って、じゃあ、切羽詰まった事情があるわけではないんですか」金子（キンコ）が言った。

「ええ、まあ。金がないって意味じゃあ切羽詰まってますがね。借金まではありませんよ」

「普通に労働するというのではいけないんですか」

「ばからしくてね」黒糖（コクトー）は肩をすくめた。「時給労働だって、言ってみれば、命を金に変換してるわけでしょう。だったらこっちのがいくぶん話がはええですわ。ねえ。幽鬼（ユウキ）さん」

矛先が幽鬼（ユウキ）に向いた。「どうだろう」と苦笑いしておいた。

「次、どうぞ」

黒糖（コクトー）は発言権を譲った。「しゃべれますか？」と付け足した。

というのも、彼女が指し示したのは、例の泣いているメイドさんだったからだ。命懸けのゲームに参加させられた人間の反応としてそれは自然なのだが、しかし、幽鬼（ユウキ）にとっては、一周回って新鮮だった。ある意味、このゲームをいちばん満喫している人といえよう。

きんきんの高い声で「桃乃（モモノ）です……」という返事があった。

「違うんです。私は、騙（だま）されて……」

「騙（だま）された？」

「自分の意思で参加したのではないそうです」

そう補足したのは、金子（キンコ）だった。

「簡単に稼げるバイトがあるよって言われて、てくてく付いていったら意識を失わされて、気づいたらここにいたという、なんともコテコテな事情だそうです」

「ああ……」

ああという声が出た。それ以外に出しようがなかった。

運営側から誘ってゲームに参加させる――いわゆるスカウト組は、少数あった。開催されるゲームに対して人数が足りない場合、あるいは、ものすごい上玉を発見した場合など、運営がアプローチをかけたくなる状況はなにくれとなくあるのだ。

今回は後者のケースだろうと幽鬼（ユウキ）は断じた。というのも、この桃乃（モモノ）という女の子はすごかったからだ。まず、髪の毛がピンク色である。声帯が心配になるぐらい声が高い。ぼろぼろに泣いているのでわかりにくいが、六人の中でいちばんの美人さんでもある。そして、なによりも特筆すべきはその肉体のいやらしさだった。メイド服というのは本来ならば体のラインの出ない衣装なのだが、しかしこの桃乃（モモノ）という娘に常識は通用しない。ワンサイズ小さいのを着せられちゃったのかな。そう思えてしまうぐらい、全身のあらゆるところがぱつんぱつんだった。また、ただひとつ服装の大きな違い、桃乃（モモノ）だけはスカートの丈がミニであるのだが、幽鬼の睨んだところによると、彼女の最もいやらしい部分はそこから伸びる太ももだった。警戒心の現れだろうか、ほかのメイドさんに比べ桃乃はかなり椅子を引いていたので、幽鬼の位置からでもぎりぎりその太ももは確認できた。しっかりと太い、彼女の豊満な上半身を支えるに足りる風格だ。フリルのついたミニスカートと、白いニーソックスの中間、白黒の世界でその肌色はまぶしく輝いていた。さわりたいな、と幽鬼は素直に思った。ひょっとして太ももがいやらしいから桃乃なんだろうか。真相は果たしてわからないが、とにかく、なにもかもがあざとい、さぞ男性諸君には受けのいいだろう娘さんだった。

「無事に帰れたら、お金なんていりません」

そう言ったきり、桃乃は黙った。次の発言者を彼女を指定しなかったのだが、彼女の右隣にいた、桃乃の背中をさすってやっていたメイドさんが「紅野です」と名乗った。

「事前の知識はありましたが、参加はこれが初めて。理由は、金子さんと同じく借金返済のためです」

その名に違わない、赤いショートヘアを持つメイドさんだった。ほかの娘と同じくこの娘もやはりお顔がよろしいのだが、彼女のそれは、少しばかり方向性が違った。手垢のついた言葉で失礼するなら、それは、王子様だった。女にもてる女というやつだった。男として見てもかなりあるだろうというぐらい身長は高く、ほかのメイドさんに比べて明らかに手足が長い。桃乃(モモノ)とは正反対のすらりとした体格だ。六人の中でいちばんオーラのある娘だったが、外面に比べて精神のあまり強くないタイプであるらしく、その表情はゲームに飲まれ気味だった。桃乃(モモノ)の背中をさすっていたのも、より不安そうな人間を見て落ち着きたいという、打算を含んだものかもしれない。

「もっとも、私のは正真正銘自分の負債ですが」

負債。やや引っかかる表現だった。「なんか商売でもやってるの？」

「そんなところです。少しばかり、入用になりまして」

詳しい話はしたくないという気配だった。幽鬼(ユウキ)は、おとなしく引き下がる。

紅野(ベニヤ)は、自分の正面に座っていたメイドさん——最後の一人に発言を促した。「……です」と、しゃべったことがかろうじてわかるぐらいの小さな声がした。

「え、なに？」幽鬼(ユウキ)は聞き直す。

「青井(アオイ)、です」

おそらく、がんばって声を張っているのだろうが、それでも小さかった。

「ゲームに出るのは、これが、初めてです」

いかにも内気そうな娘さんだった。

もしゃもしゃとした青い髪と、不安げな表情を持つ。あからさまに体が前屈していて、視線はテーブルとメイドさんらの間をせわしなく交互する。そういえば、これまでの会話で、彼女の発言を聞いた記憶が幽鬼にはなかった。声を出すのが苦手な娘らしい。

「目的は……その、これ以外になくて」

そうとしか青井は言ってくれなかったので、具体的に、どんな事情を抱えているのかはわからなかった。察するに、たぶん、幽鬼と同じだった。社会能力に著しく欠けるので、こうでもしないとお金を生み出せないのだ。ゆくゆくはこの娘も、幽鬼と同じ、プレイヤーとしての道をたどるのかもしれなかった。

全員の自己紹介が終わった。幽鬼は、メイドさんらをぐるりと見渡した。そして区切りをつけるように「よし」と言った。

「少しの間だけど、よろしく。できる限り大人数でのクリアを目指そう」

幽鬼に応え、五人のメイドさんは思い思いによろしくを言った。「よろしく」「よろしく」「よろしくお願いします」声が重なった。

「しかし、クリアといっても、具体的になにをするんです？」黒糖が聞いてきた。

「脱出ゲームだからね」幽鬼は答える。「そりゃあ、探索をするしかないよ」


（6／23）

命を賭けないやつなら、やったことのある人も多いだろう。

脱出と頭についているぐらいなので、特定の空間からの脱出を目的とするゲームだ。が、なぜだかその出口には鍵がかかっていたりして、その鍵はどうしてだか金庫の中に収納されていたりして、そのダイアル番号はなんの計らいなのかベッドの下とか棚の裏とか壁の天井近くの隅っことかに隠してあったりするので、プレイヤーはあちこち探し回って、それを見つけないといけない。場合によっては、探索だけでなく、パズルや謎々を解かされることもある。

しかしこのゲームに限って言うなら――幽鬼の経験に限って言うなら――そう複雑な問題が出てくることはない。このゲームはあくまでショーであり、番組であり、ごっつい謎に挑むことは本筋ではないからだ。だいたいの場合、わかりやすいところに鍵はそのまま放置してあるし、その鍵で普通にドアは開く。真の問題は〈その周辺〉にあることが多いので油断はならないが、探索という要素だけをいえば、これは、まことにらくちんである。

だが、探索することにはするのだ。

そして、忘れてはならない、この建物は死の館である。

「とりあえず、最低限――」

食堂を後にし、廊下に出て、幽鬼はほかの五人にそう言った。

「心構えだけ伝えておく」

六人まとめて行動することに決定した。

　幽鬼以外はずぶの初心者であるのだから、彼女だけが食堂を出て、必要な探索を行い、トラップの有無を見抜き、出口までのルートを完全確立した上で五人をエスコートする選択もあった。最大の安全を求めるのならそうするべきなのだろうが、しかし現実にはこうなった。誰かがそうしようと提案したわけではなく、自然の流れ、暗黙の了解という感じだった。その原因は、おそらく、取り残されることへの恐怖にあった。仮に幽鬼だけが先行し出口を発見したとして、彼女が、五人のもとへ戻ってきてくれる保証はない。そのまま脱出するかもしれない。そうならぬよう付いていこうというのは自然な考えだった。トラップまみれの館というと、一見、その場でじっとしていたほうが安心なようにも思えるが、しかしそれを言うなら、ゲームのベテランである幽鬼にひっついておくのも安心なのである。どちらの安心を取るかの話で、今回、みんなの支持を集めたのは幽鬼だったという構図だ。

「生き残るには、とにかく、臆病でいること」

　幽鬼は言う。

「少しでも怪しいと思った場所には近づかない。いつもと違う感覚があったらすぐ声をあげる。タクシー代わりにすぐ救急車を呼ぶ人というのが世間にはいるけど、みんなが目指すべきプレイスタイルはまさに〈あれ〉だ。警戒しすぎて一歩も動けないぐらいでちょうどいい」

「そんなことでいいんですか?」

聞いてきたのは、王子様なメイドさん、紅野だった。

「監視されてるんでしょう、これ。あまりにも動きがないと、主催者側から介入があるのでは」

「それはない。私の知る限りは。プレイヤーの全員が警戒しすぎて一週間以上なんの動きもなかったゲームとか、私みたいな協力的なプレイヤーばかり集まってなんの山場もなく無傷でクリアしたゲームなんてのもあったけど、それでも、介入っぽいものはなかった。どうプレイするかは、参加者の完全な自由。……だと思う」

そういうお達しが正式にあったわけではない。幽鬼は語尾を弱めた。

「こういう場所では、ネガティブな人間のほうが強いんだ。だからとにかく、なんでもかんでも悪いように想像して。どんどん疑心暗鬼になって。それを心がけるだけでも、生存率はだいぶ変わってくるはず。あとは……そう、私がルート取りをするから、なるべく私から離れないようにしてほしい」

「安全なルートなんて、わかるものなんですか」

今度は金髪ツインテールの娘、金子が聞いてくる。

「経験上ね。かなり痛い思いしてきたから」

金子は気まずそうにしたが、「……〈痛い思い〉ということは……罠にかかったら、絶対死ぬわけでもないんですね」とさらに聞いてきた。今のうちにいろいろ聞いておきたいという気持ちの表れか、それとも、幽鬼が出した〈疑心暗鬼になれ〉という指示を守っているのか。どちらにせよ、答えは同じだった。「うん」

「一発食らってはいおしまいじゃ、見てる側も味気ないしね。相当に当たりどころが悪いか、あるいは、大型の障害でもなければ即死ということはない」

「大型の障害というのは？」

「絶対にかわせない罠っていうのがいくつかあるんだよ。こういう脱出タイプのゲームでは、特に。制作費のたくさんかかった、番組の山場になるところだね。プレイヤー数六人なら、たぶん、ひとつかふたつかな」

「……覚悟しておきます」

今度は〈ネガティブな未来を想像〉したのだろうか、金子はそれきり、口をつぐんだ。

幽鬼の右腕に、ぐい、と引っ張られる感触があった。すでに廊下に出ている現在、ある程度の警戒心を幽鬼は持っていたので、すばやく振り向いた。幸い、幽鬼の右腕になんらかの罠が発動したということはなく、ではなんなのかといえば、幽鬼に言われるまでもなくネガティブな気配を放っているメイドさん、青井が、幽鬼の袖をつかんでいた。

「あっ」幽鬼と目が合う。「ご、……ごめんなさい」小さく謝られた。

「いや、謝ることじゃないけど……どうしたの？」

青井(アオイ)は、それ以上いったら首が落ちるぞというぐらいうつむいて、「離れたらいけない、ですから」と答えた。

「ああ……」

ああ、と幽鬼(ユウキ)は言った。

確かに、幽鬼(ユウキ)と距離を空けないのにはそれがいちばんだ。しかしそんなの、提案することはおろか思いつきすらしなかった。人間、一定以上の年齢になったら、必要のない限りお互いの体には触れてはいけないという暗黙の了解ができるものだからだ。かわいいことするな、と思った。幽鬼(ユウキ)の顔がほころんだ。

今度は左腕に感触を覚えた。見ると、金子(キンコ)が、左腕にまとわりついていた。青井(アオイ)のような袖にちょっと触れるのとは違う、がっつりとした接触だった。

「ありなんですよね、これ」

そう言った金子(キンコ)の顔は、しかし、やや照れていた。食べかけのお菓子を奪うのだって同じぐらい照れることだと幽鬼(ユウキ)は思うのだが、彼女の基準では、違うらしい。

続いて、背中に、すごい感触があった。お腹(なか)に手を回されていた。このすごい感触は、つまり、後ろから桃乃(モモノ)に抱きつかれたのだということに疑いの余地はなかった。さらには右肩と右の腰にも手が当てられて、これは、消去法から紅野(ベニヤ)の手であることが推理できた。

「もてもてですな、幽鬼(ユウキ)さん」

黒糖（コクトー）が前方にいた。悪い顔をしていた。

（7／23）

合体したままメイドさんらは廊下を歩いた。

二回目のため心に余裕があるのだろう黒糖（コクトー）をのぞき、全員がひっついていた。たぶん、みんな、口には出さねど不安を覚えていたのだろう。紅野（ベニヤ）が桃乃（モモノ）の背中をさすっていた理由と同じだ。人と人とが接触すれば、そこには安心が生まれる。氷点下の雪山でさえ通用する法則だ。

しかし、なんだ、ひっついているほうのみなさまはそれで安心なのだろうが、幽鬼（ユウキ）はといえばどうしようもなく緊張気味なのだった。教科書通りの両手に花。最初は袖に少し触れるだけだった青井（アオイ）も、今やほかのメイドさんらと同じくがっつり接触している。嬉（うれ）しいとか幸せとかではなく緊張というのがポイントだ。顔のいい女の子と触れ合ってしまったとき、人は、緊張するのだ。なぜだろう。顔がいいというのに。嬉しさが許容量を飛び越えてしまうのだろうか。そんなことを考えながら幽鬼（ユウキ）は探索を進めた。

まず初めに、幽鬼（ユウキ）たちは廊下を横断し、食堂とは反対側の突き当たりにある扉に向かった。おそらく、重要なものだろうと当たりをつけていたからだ。

扉は施錠されていた。鍵を探し出し、これを開くことがクリアへの順路だろうと幽鬼たちは考えたので、その他、廊下に立ち並ぶ扉の向こうを順番に回った。

繰り返しになるが、このゲームは、脱出ゲームというよりは人が死ぬゲームなのである。鍵を見つけ出すことよりも、道中プレイヤーが罠にかかり怪我を負うことのほうが本題だ。なので、鍵の隠し場所は、そう凝ったものにはならない。机の上とか、棚の中とか、すぐ発見できる場所にあることがほとんどだ。

しかし——。

「ありませんね」

誰かが言った。

幽鬼の寝室だった。

プレイヤーの初期配置場所——今回の場合は寝室——は通常、安全地帯である。寝ている間にうっかりプレイヤーが罠にかかったというのではゲームが台無しだからだ。そして、安全であるがゆえ、そこにゲームを進展させるアイテムの置いてあることはない。つまりここを探索するのは無駄とわかっているのだが、しかし、もう、残るはこの部屋しかなかった。ほかの部屋は、幽鬼以外の五人の寝室も含めて、すべてさらった。鍵があるとすればここにしかなかったのだ。

しかし、ない。あったのはないという事実だけ。

「どう考えるべきなんでしょうか」

幽鬼の左腕にくっついた金子が、言う。

「見えるところにあったのをうっかり見逃したのか、それとも、もう少し細かいところを探さないといけないのか。あるいは鍵を求めるというアプローチが違うのか」

「鍵なのは間違いないと思いますけどね……」紅野が答える。「ほかに、それっぽいものはひとつもなかったので」

「とりあえずもう一周しませんか……？」おどおどと言ったのは桃乃。「詳しく探すの、怖いですし」

　妥当な意見だ。ベッドの下やタンスの裏、そういう場所にまで目を向けるとなると、比例してトラップ対面のリスクも増す。それよりも先に、これまで通ってきた、すなわち安全の保証されている道筋をたどり、見落としがないかチェックするのが堅実だろう。幽鬼もそれに賛成を言おうとするが――。

「なに言ってるんです、みなさん」

　それは、ただ一人幽鬼と合体していないアウトロー、黒糖の声だった。

「探してない部屋、まだあるじゃないですか」

「え？」

「食堂ですよ。あの部屋は別にセーフエリアでもなんでもないでしょう？」

（8／23）


食堂の風景は幽鬼（ユウキ）たちが出て行ったときのままだった。

ほかに人間がいないのだから、当然だ。食堂に入ると同時、幽鬼（ユウキ）を締め付けていたメイドさんたちの力がゆるんだ。見慣れた部屋なので安心したということだろう。

見慣れた部屋。

その風景の中に、鍵は、なかった。

「ないですな」

黒糖（コクトー）が言った。

「考えてみれば、あれだけ長いこといた部屋なんだし、鍵なんてものがあれば気づきますか。すいませんね、お時間取らせて」

「いや、そんなことは……食堂っていうのは盲点だったし」

幽鬼（ユウキ）は言った。本来なら自分が気づかなければいけないことだった。初心者の引率をするのなんて初めてだったからか、はたまたメイドさんたちにひっつかれて舞い上がっていたからか、視野が狭くなっていたらしい。

「せっかくだから、一息入れようか」

幽鬼はテーブルに近づいた。それとともに、メイドさんたちが幽鬼の体から外れた。触覚の喪失に、やや寂しいものを感じながら幽鬼は席についた。ほかの五人も同様にした。

探索に出ていた時間は、――この館には時計がないので幽鬼の感覚だが――せいぜい三十分程度である。休憩を入れるには短すぎる労働時間であるし、幽鬼としても、緊張こそ感じたもののさほど疲れは感じていない。が、なにぶん命に関わる話であるし、幽鬼以外の五人はゲームに不慣れなのだから、幽鬼の思っている以上に消耗しているはずだった。幽鬼にしたって、食堂を探索箇所から外すというポカをついさっきしたばかりなので、万全であるとはいえない。臆病すぎるぐらいでいい。そう言ったのはほかならぬ彼女だ。ここは、己の発言に忠実でいようと思う。

幽鬼はテーブル上の大皿に手を伸ばした。その手が標的としていたクッキーを、一足先に黒糖が奪い取った。「も……もういいでしょ？」

「あれだけ食べたんだからもうわかったでしょう。安全なんだよ、こういうのは。いいかげん好きなの食べさせてよ」

恨みがましい目つきで幽鬼は黒糖を見た。が、当の黒糖は、申し訳なさそうにするでもなく、なんだよこいつと睨み返してくるでもなく、ただ、まんじりと、思案顔でクッキーを見つめていた。

「……盲点……」

クッキーから大皿に視線が移った。

一度は取ったクッキーを黒糖(コクトー)は皿に戻し、そして、両手を使ってそれをつかんだ。Lサイズのピザほどもあった大皿を持ち上げ、長方形のテーブルのいくらでも余っているスペースにどかした。

果たして、その下には。

大皿の下には、黄金色をした鍵束があった。

「……はは！」

メイドさんたちは、ざわめく。

黒糖(コクトー)がリングの部分を手ですくった。

「じつに盲点ですな。私たちはずっと前から、鍵に手を伸ばしていたわけだ」

そのまま、黒糖(コクトー)は、一同に見せつけるように鍵を持ち上げた。

それに際し、下部にきらきらと光るものがあるのを幽鬼(ユウキ)は見た。

それは。

それは、細い、マジックに使用されるような極細の糸だった。

幽鬼(ユウキ)は立った。柄にもなく叫んだ。「――黒糖(コクトー)！　伏せろ！」

「は？」

ほひゅ、という間の抜けた風切り音がして、

（9／23）

そして、三つの音が連続した。

一つめは、高速で飛来した〈それ〉が黒糖(コクトー)の頭を貫いた音。小さくて、乾いていて、人間の脳を貫いたとはまるで思われぬ音だった。二つめは、自立できなくなった黒糖(コクトー)が、〈それ〉から受けた衝撃の方向そのままに倒れた音。そして、三つめは、彼女の取り落とした鍵束が、テーブルの上に帰った音だった。

また、厳密には、幽鬼(ユウキ)の椅子が倒れる音も四番目として続いた。勢いよく立ち上がったため、椅子を蹴飛ばしてしまったのだ。しかしそれだけだった。三つにしろ四つにしろ、それだけで、黒糖(コクトー)の生命は終了した。

事切れた。

本ゲーム、最初の犠牲者だった。

「――――！」

声にならない声があがった。

桃乃(モモノ)が、頭を抱えていた。座ったままの姿勢で小さくちぢこまって、叶(かな)うなら、このまま母親の胎内に戻りたいというポーズだった。

事態へのリアクションとしてはそれが最大で、ほかに、パニックを起こしたメイドさんはいなかった。それがせめてもの幸いだった。だが、あくまでパニックに至っていないだけであり、ショックを受けていないということは誰一人としてなかった。

全員、血の気の引いた顔だ。

これが死のゲームであると、心底、了解した顔だ。

「今、のは」

どれぐらい経っただろうか。口をきけるぐらい精神を回復させた最初のメイドさんは、金子だった。

「今のが、トラップですか」

まだ万全ではないのだろうなと思われる質問の内容だった。幽鬼はうなずく。

「よくある手だ。重要なアイテムの周辺に、特に危険な罠がある。もっと強く言っておけばよかったね」

黒糖の遺体を見つめながら、幽鬼は言った。

幽鬼をのぞく、唯一のゲーム経験者。脱出タイプのゲームにおけるこの黄金律を、知らなかったのか、それとも知識としては知っていたものの血肉になってはいなかったのか。真相を知るすべは今やもうなかった。

もうワンテンポ早く指示できたなら、と幽鬼は思う。罠の作動は止められなかったとしても、頭を下げさせるだけでもあの罠は回避できたはずだ。幽鬼（ユウキ）がもう少し本調子でいたならば――初心者の引率をした経験が過去に一回でもあったなら――幽鬼（ユウキ）が黒糖（コクトー）より早く鍵のありかに気づいてさえいれば――あるいは事前に意識して呼吸を整えておいただけでも、黒糖（コクトー）の運命は変わっていたかもしれない。

彼女には悪いな、と思った。

だが、口には出さなかった。

幽鬼（ユウキ）は席を立ち、黒糖（コクトー）の遺体を検分した。遺体ということで間違いなかった。疑いの余地なく、事切れていた。アイスピックにも似た金属針が頭を貫通していた。右のこめかみから、左のこめかみへ、あたかもそういうジョークグッズをまとっているようなありさまだったが、まぎれもない、現実だった。

「その……それ」

言ったのは紅野（ベニヤ）だった。〈それ〉はまずいと思ったのか、すぐ言い直しがあった。「彼女、どうするんですか」

「どうするもなにも、ここに置いておくしかないよ」

幽鬼（ユウキ）は答える。その声は淡々としていた。

「ここじゃ埋めることもできないしね。できることといえば手を合わせるぐらいだけど、あまり、おすすめはしない」

「なぜですか？」金子が聞いた。

「この先、手を合わせる余裕すらない場面が出てくるかもしれないからだよ。黒糖さんには祈ったのに誰々には祈らなかった。そうなると、心の中に弱いものが生まれる。その弱みは、決定的な場面で私たちに牙を剥くかもしれない。この手のゲームで、精神的な傷というのは想像以上に重い。だから私は、誰が死んでもそれを悼むことはしない。ゲームの終わったあとに、まとめてやることにしてる」

「……なるほど」

幽鬼はテーブルに目を向けた。正確には、テーブルの上の鍵束に目を向けた。トラップの引き金になったのだろう細糸は、まだつながっていた。二段構えの罠という可能性もあった。幽鬼は十分に警戒しつつ、細糸を切断した。

なにもなかった。

鍵束が、幽鬼の手に収まった。

「たぶん、これで、例の扉は開くと思う」

一人減ったメイドさんらを見渡し、幽鬼は続けた。

「みんな、まだ、進む気はある？」

(10／23)

五人のメイドは再び合体した。

合体して、廊下を進んだ。誰も、なにも、しゃべらなかった。五人の足音が聞こえるのみだった。

罠はなかった。すでに一回通った道なのだから、当然だ。一切合切問題なく扉の前にたどり着き、そこで一旦、合体を解いた。鍵を挿した瞬間、悪夢再びということがあるかもしれなかったからだ。身を低くしておくよう幽鬼は指示を出してから、扉に近づき、鍵束の一本一本を順番に試した。

三本目が入り、回った。

扉が開くということだけが起こった。

さっき上げてから落とされたばかりなので、幽鬼を含め、メイドさんたちの誰一人、嬉しそうな気色は出さなかった。警戒を解くどころかよりいっそう強めて、部屋に入った。

六角形の部屋だった。

これまでに訪れた部屋とは、やや趣が異なっていた。研究所や病院を連想させる、四方八方なにもかもが真っ白な部屋だった。家具と呼べるものはなにひとつ存在しておらず、明らかに、居住空間として作られた部屋でないことがわかる。

それ以外の目的を持った部屋。

ゲームのための部屋だ。

「これは……」

ただごとではない気配を感じ取ったのだろう、金子が、そう口にする。

「さっきおっしゃっていた、大型の障害、ってやつですか」

「たぶんね」

回避不能の罠。ゲームの進行のため、あえて挑みかからなければいけない罠。

入ってきた扉の、ちょうど反対側にまた別の扉があった。スライド式であり、取っ手の上部に〈閉〉と書かれたパネルがついていた。

その漢字の意味する通りだった。扉はびくともしなかった。腕ずくではどうにもできそうにない力がはたらいていた。

「あ……あの！」

桃乃の声がした。「こっちのドアが、開きません！」

幽鬼たちが入ってきたほうのドアを桃乃はがちゃがちゃとしていた。ふざけているのではむろんなく、開けようとしているのだろうが、ドアノブが全然回っていなかった。

退路を絶たれたのだ。

「閉じ込められたね」幽鬼は落ち着いていた。「ここでやることやらないと、にっちもさっちもいかないみたいだ」

「やることというと、その……〈あれ〉ですか」

そう言った紅野(ベニヤ)の視線は、壁面に向いていた。

六角形の部屋。それぞれの壁には、ひとつずつ、レバーが取り付けられていた。ここまでさんざん扉の話ばかりしてきたので、レバーというとドアレバーを連想させるかもしれないが、それは違う。巨大ロボットを発進させるときに使われるような、二本の金属棒を一本の取っ手でつないだ、上から下に引き下ろすタイプのレバーである。それが、六角形の部屋に、六つ取り付けられていた。うち四つは壁のちょうど中央にあったのだが、残りの二つ、すなわち入口と出口の扉がある壁のレバーは、扉に真ん中をゆずる配置になっていた。

ともかくも、六つのレバーだ。

「同時に引くのかな」

と言いながら幽鬼(ユウキ)はレバーに手を伸ばしたが、触らなかった。自分一人ならともかく、初心者を巻き込みかねない状況で、余計なリスクを負うことはないからだ。

「六つのレバーを同時に下ろす。それからまだ一悶着(ひともんちゃく)あると思うけど……とりあえず、そうすることで進展があるはず」

「同時に……」桃乃(モモノ)がおそるおそる言った。「でも、私たちは」

黒糖(コクトー)が死んだということをそれはよく表現していた。そう。この場には、五人しかいない。レバーに対して人間の数が足りないのだ。

「それで詰みというのはさすがになさそうですけどね」

紅野(ベニヤ)が言う。

「致死性のある罠(わな)がここまでにあった以上、それを想定したゲームになっているはずです。例えば、ひとつだけ下ろさなくてもいいレバーがあるとか、一回下ろしたら下がったままになるレバーがあるとか。あるいは、メイド服でロープを作って、下に固定した状態にできるのかもしれません」

「そもそもレバーを引くかどうかも確定じゃないからね」

幽鬼(ユウキ)は呼びかけるように言った。

「自分で言っておいてなんだけど。こういうのって、第二のルートがあったりもするんだよ。こうしたら簡単に抜けられたのに、あーあ、みたいな。そういうのがあったほうが見てる分には面白いから。なんでも疑ってかかるのが生き残りの秘訣(ひけつ)だよ。レバーに触るのは最終手段と考えたほうがいい」

「いろいろ試してみろってことですか……」

閉じ込められたとはいえ、さっきたらふくお菓子を食べてきたばかりなのである。餓死の心配はせずともよく、すなわち、時間には余裕があった。五人のメイドさんは、思いつく限りの試行錯誤を行なった。レバーを下げる以外に扉を開ける手段はないのか。あの扉のほかに脱出口はないのか。人力によらずレバーを下げたままにしておく方法はないか。しばらく待つことでなにかいいことが起こらないか。

しかし、そのすべてが空振りだった。

試せば試すほど、〈それしかない〉ということが浮き彫りになってくる。

「やっぱり、レバーに触るしかないですよね」

言い出したのは、金子だった。

「安全確実な裏ルート。あるのかもしれませんが、でも、見つけられないんじゃしょうがない。やることやらなきゃいけないんじゃないでしょうか」

幽鬼の体感で、一時間ほど経過していた。ただの一時間ではない。閉鎖空間で、命のかかった状況下で、さっき知り合ったばかりの人間と過ごす一時間である。ストーブに一時間触れるよりもそれは長く感じられただろう。実際、幽鬼が首を回してみると、メイドさんらの顔には疲れが見え始めていた。この先もまだゲームは続くのだ。妥協するなら、この辺りが頃合いか。

「……そうする？」

幽鬼は、言って、それぞれに視線を向けた。「はい」とはっきり声に出したのは紅野。桃乃と、青井も、無言ではあったが首を縦に振る。

「よし。じゃあ、やろう」

メイドさんらは、思い思いに配置につき、レバーを握った。

「結局、ハズレのレバーが一個あるという解釈でいいんでしょうか」紅野（ベニヤ）が聞いた。

「うん。とりあえずその方針でいこう。この配置のまま、順々に左にずれていって、なにか起こらないか試してみる。それでだめだったら……洋服がもったいないけど、レバーの固定を考えるかな」

「幽鬼（ユウキ）さんの考えを今のうちにうかがいたいです」金子（キンコ）が問う。「このレバーを引いて、それで終わりじゃないんですよね。……だいたいは想像つきますが……なにが起こるんです？」

「おそらく、なんらかのサブゲームが始まる」秘密にする理由もない。幽鬼（ユウキ）は経験のままを答えた。「例えば、この部屋にどんどん水が入ってきて、時間内にパズルを解かないと溺死するとか。突然床がどかっと開いて、レバーから手を離したら暗闇にまっさかさまとか。そういうことが起こると思ってほしい。正しい選択をすれば無傷で切り抜けられるけど、ひるがえって、下手を打てば全滅までありえる」

「本当に番組って感じですね……」紅野（ベニヤ）が言った。「ここまでよく作ってるのに、撮るだけはもったいないと思うけどな……。もっといろいろ稼ぎ方がありそうなもんだけど」

紅野（ベニヤ）はぶつぶつ言った。「ほかにも聞きたいことある？」幽鬼（ユウキ）は声を遠くに放った。

「いいえ」

答えたのは金子だけだった。桃乃と青井は、またも無言で意思だけを示す。

「それじゃあ、始めるよ。一、二の三で合図するから」

幽鬼は言った。ワンテンポ置いて、

「一、二の、三！」

レバーを引いた。

全員の動きが揃った。その意味では成功だった。しかし、それ以外、なにも起こらなかった。サブゲームなるものは始まらず、扉の〈閉〉も〈閉〉のまま。

三秒ほど待って、幽鬼はレバーから手を離した。がちゃん、と音を立てて上に戻った。ほかのみんなもそうした。宣誓の通り左方向に一マスずつずれて、使わないレバーを変更しまた合図した。それでもなにも起こらない。さらにもう一マスずれた。「一、二の、三！」無反応だった。その次の配置でもやはり無反応だった。

条件が違うのか。まさか本当に六人が必要なのか――。

そういった空気がメイドさんらの間に流れ出し、それに忖度するかのように五度目のチャレンジも失敗。いよいよ、後がなくなった。

「一、二の――三！」

幽鬼は言った。ひときわ強くレバーを引いた。

がちゃんの音が五つ揃った。

だが、それだけだ。あとには沈黙だけが残った。

「…………」

全員が、それぞれ、他者の様子をうかがっていた。

誰かが意識的に破らなければ、永遠に続いてしまう種類の沈黙だった。「えっ、と」経験者の務めとして、幽鬼(ユウキ)が、勇んで言った。

「なにも起こらないので……一旦、集合してください」

そう言いつつ、幽鬼(ユウキ)は、レバーから力を抜いた。視線はみんなのほうを見ていた。レバーのほうは見ていなかった。見ずとも、なにが起こるのか予想はついていた。上へ戻ろうとする力がレバーにははたらいているので、幽鬼(ユウキ)が力を抜けば、その手は跳ね上げられてしかるべし。手のひらにそういう感触が伝わるのを幽鬼(ユウキ)は無意識のうちに予想した。

が、触覚がはたらいたのは手のひらではなかった。

手首だった。手首に締め付けられる感触があった。

「えっ」

幽鬼(ユウキ)は振り向く。

手錠がはめられていた。

(11／23)

レバーの側部から、金属の輪が出ていた。

レバーの上下と手首の締め具合は連動しているらしく、上にゆくほど、拘束もきつくなる。上から三割ぐらいのところで痛くなって試すのをやめた。たぶん、完全に力を抜いたら、手首を食いちぎられるのだと思う。反対にレバーを引けば拘束はゆるむのだが、いちばん下まで引いても、手錠を抜けられるほどにゆるむことはなかった。

拘束された。

それは、まぎれもない、ゲーム開始の合図だった。

床の一部がみるみるせりあがってきた。すぐ、天井に到達した。幽鬼（ユウキ）の視点から見る限りだと、それは、二枚の壁だった。六角形の頂点から、部屋の中央まで、二枚の壁が幽鬼（ユウキ）をほかの四人と分断していた。彼女を拘束する壁と合わせ、ちょうど、三角形を作っていた。ほかのメイドさんたちも、同じような景色を見ていることだろう。六角形の部屋が、ケーキでも切り分けるかのごとく六等分された格好だ。

神経にひどく障る音が聞こえた。

発生源は天井だった。幽鬼（ユウキ）は首を上向けた。

丸鋸（まるのこ）が天井から生えてきていた。

三角形に沿う形で、一つ二つ三つと生えている。あまりに高速で回転しているものだから、それに刃がついていることを幽鬼は目視できない。でも、どうせついているだろう。仮についてなかったとしてあれだけの回転数を誇る金属板だ、接触したなら命はないと考えてよろしい。

それらは、徐々に、幽鬼へと接近していた。速いとはいえないが、しかし微速ともいえない、プレイヤーの心を絶妙にどきどきさせる速度だった。この速度に至るまでの試行錯誤が偲ばれた。〈あれ〉が床に到達したなら、いくら壁に張り付いたところで、殺傷を逃れることはできないだろうと幽鬼は判断した。普通にかわすのは無理だ。

止めなければならない。

壁に縛られたこの状態で、それでも、なにかしなければいけない。

「幽鬼さん！　幽鬼さん！」

どんどんと壁を叩く音があった。金子だった。

「のこぎりが！　丸いやつが降りてきます！」

「わかってる」

冷静に幽鬼は言った。実際、冷静だった。何度目のゲームからだろう、危機が迫るほど心が冷えていくという精神構造を幽鬼は持つようになっていた。処世術というやつだ。つくづくあっぱれなのは人間の環境適応能力だった。

さて。私たちはなにをすればいいのだろう。答えは〈ある〉のが前提だった。〈ない〉

のなら、これがミスしたプレイヤーへの処罰という位置づけなら、なにをやったところで無駄だからだ。だから考えなかった。レバーを適当にがちゃがちゃやりつつ、幽鬼は、ことの始まりたるにっくき手錠を観察する。

側面に、鍵穴らしきものがあるのを発見した。

鍵穴。

鍵で開けられる。

即座、空いているほうの手が鍵束をつかんだ。メイド服のエプロンのポケットにあった。取り出し、黄金色のリングについている鍵の本数に顔をしかめ、でもやらないわけにはいかなくて、視線を高速で左右にしながらひとつひとつ鍵を選った。穴に合いそうな形を見つけたのはだいぶ最後のほうだった。挿す。ひねり、気持ちいい音がしたのとともに手錠が外れた。それと同時にひどい音がややひどさを減じた。見ると、幽鬼の頭上の丸鋸が、三つ揃って停止していた。

そういう仕組みか。幽鬼は思った。

丸鋸が止まったのにもかかわらず、音は、まだ続いていた。止まったのはここのやつだけだ。ほかの四人についてもこれをしないといけないのだ。

しかし――どうやって？

三角形の部屋を見渡しながら幽鬼は考えた。壁は、天井までつながっている。でもどこかに穴があるはずだ。そうでなければこの鍵束を渡すことができない。みんなの手錠も〈これ〉で解けるはずだ。人によって解錠の条件が違うことも考えられるが、そのときは各自なんとかしてもらうしかないのでそのときはそのときだった。

三角形の頂点、もともとの部屋の中央に位置する壁に、切れ目があった。

押した。抵抗なく外れた。向こう側に落下した。壁の中ほど、六等分されたケーキの真ん中、六枚の壁の合流する地点に、ポストの投函口ほどの隙間が生まれていた。

「部屋の真ん中！」

丸鋸に負けないように幽鬼は声を張った。

「そこからさっきの鍵束を渡す！　それでみんなの手錠は解ける！　手錠を解いたら天井の丸鋸は止まる！」

事実をただ並べただけの下手な言葉だった。だが仕方ない。緊急時なのだ。一回ではうっかり聞き逃してしまうということもありえるので、似たようなことを繰り返し叫びながら、幽鬼は、壁の隙間に手を差し入れて鍵束を置いた。

次の瞬間、

「いっ――」

四つの手がいっせいに幽鬼の手を撫でた。

ぞわりとする感触に幽鬼はびっくりして手を引いた。むろん、鍵束は置いてきた。壁の隙間で、がちゃがちゃという音とともに手がうごめいていた。

鍵を奪い合っているのだ。

ただひとつの鍵に四人の手がからみつくそのさまに、幽鬼は、どうしてだろう、淫らなものを感じた。手にフェティシズムを感じる人の気持ちが今ならわかる気がした。「う――」

「奪い合うな！　一人減ってるんだから、全員分の時間の余裕はある！」

〈一人減ってるんだから〉とつい口走ってしまった。でも事実だ。人数が減ったのに合わせて制限時間が再設定されている可能性も否定はできぬが、どちらにせよ、うまくやれば、全員が生き残れる設定になっているはずなのだ。

こんなふうに潰し合ったりしなければ、全員が。

ひとつの手が鍵束とともに消えた。

それを受け、ほかの手も姿を消した。

鍵を勝ち取ったのが紅野であることを幽鬼は見抜いていた。食堂にて、みなとお菓子の奪い合いをさんざんやった幽鬼である。どれが誰の手なのか見分ける眼力を獲得していた。

いちばん最初が紅野というのは幽鬼の中では順当だった。彼女は高身長だったからだ。

メイドさんたちの片手は手錠に縛られたままであるわけだから、部屋の中央に手を伸ばそうと思ったら、これは、体を相当引き伸ばさないといけない。もはや手錠は存在しないけれど幽鬼も形だけまねた。ぎりぎり届く、ぐらいだった。人間の両手を広げた全長は身長とほぼ同じ、そして幽鬼の身長は平均よりも上だ。幽鬼でさえこれなのだから、小柄な青井や金子では、もっときついはず。逆にスタイルのいい紅野なら楽な仕事のはずだ。距離に余裕があるか否か。鍵の取り合いをするにあたってこのアドバンテージはでかい。まずいちばんは紅野。これは動かないところだった。

がちゃがちゃという音がまた聞こえだした。身をかがめて隙間をのぞくと、四本の手が、また、うごめいていた。――四本。幽鬼は眉をゆがめた。そこには、すでに拘束を解いたはずの紅野の手が、なぜかあった。なにやってるんだこんなときに。そう声に出すより先に幽鬼の頭が答えを告げた。

彼女は、ひいきをしていた。

紅野から見て左隣の部屋に位置する、桃乃に、鍵束を握らせようとしていたのだ。

なんともいえない気持ちに幽鬼はなる。それは、紅野にとって、桃乃の生存がほかの二名より優先だということを意味していた。確かにその素振りはあった。あの二人、ちょいちょい距離が近かった。しかしだからって――。

幽鬼は、その行為に、中止を求めることはできなかった。

紅野の思惑通り、鍵は桃乃のもとへ。丸鋸の耳障りな音に混じり、かちゃかちゃという金属のこすれがわずかに聴こえる。

幽鬼は壁を背にその場へ座り込んだ。かなりまずい状況だった。二回の奪い合いで、時間をロスしていた。丸鋸がどこまで進行しているのか幽鬼の視点ではわからないが、この装置がちゃんとしたゲームバランスになっているのだとすれば、全員が生き残る結末は、もうないだろう。誰か死ぬ。金子か青井のどちらか、あるいはその両方が死ぬ。こうなるともう、幽鬼に声のかけようはなかった。黙って当人たちに任せるよりほかになかった。見てたからって未来がよくなるということもないのだが、それでも、幽鬼は壁の隙間から目を離せないでいた。〈見届けよう〉なんて殊勝な感情ではない。〈見ものだな〉なんていう野次馬根性でもない。そこには、ただ〈目が離せない〉という、それ以上に細分不可能な求心力があるだけだった。

あるいは、このゲームの〈観客〉も、同じ気持ちなのかもしれない。

結論からいえば争いは起こらなかった。

それまで手の先が触れるばかりだった壁の隙間に、突如、手首が通った。

手首どころか前腕の中ほどまで入ってきた。隙間を通り過ぎ、向こう側の、桃乃のいるはずの空間にまで手が突き抜けた。

金子の腕だった。

その点については、すぐわかった。しかしわからないのはその腕がそこにある理由だ。

距離がおかしい。こんなに余裕があるはずはない。紅野にだってこんな芸当はできない。

片腕を壁に固定されている金子が、この位置にまでもう片方の腕を持ってこれるはずがない。

幽鬼は悟った。おそらく彼女は――。

これ以上はないという速さで腕が引き返してきた。一瞬のことではあったが、その手が桃乃から直接受け取った鍵束を握っていたこと、隙間にかすった鍵束ががちゃりんと音を鳴らしたこと、その両方を幽鬼は確認できた。

金子の部屋は幽鬼の隣だったので壁に耳を当てる。がちゃがちゃと、もう本当に時間がないのだろう、落ち着かない様子で鍵束をいじる音が幽鬼の耳に届いた。頼む。頼む。頼む。一心に祈った。当人たちに任せはしたがそれでも生きてほしい気持ちに変わりはない。声をかけたかったが幽鬼はあえてしなかった。そんなことで金子の注意を消費したくなかったからだ。心配をまるきり心にとどめて幽鬼はただ時を待つ。幽鬼のときに聞こえたのと同種類の気持ちのいい音、それと、鍵束を置いたのだろう金属音が遠くでして、そして、
そして、
小さく、壁を叩く音があった。

「――っ」

弱い音だった。だがはっきりと聞こえた。それは、向こう側にいる人間の自由意思を示していた。金子の生還を示していた。

幽鬼がほっと息をついた。

それと同時、だった。

それは、

「あ――」

「ああああ!!　ああ※※※※※※※※※※※※※※※※※※あ※※※※!!　※※※※※
※!!　※※※※※※※※※※※※※※※※※※※※※※!!　※※※※※※※※※あ※!!
※※※あ※※※※※※※※※※※※※※あ※!!　※※※※!!　※※※※※※※※※※※※
※※※あ※あ※※あああああ※ああああああああああああああああああああああああああ
ああああ!!」

それは、誰も、耳にしたことのない声だった。

無理もない。なにしろ彼女は、ここに至るまでほとんど声を出してこなかったのだから。叫び声はおろか、聞き取れる音量の声でさえ、聞いたのはこれが初めてという娘さんもあっただろう。

無口なメイドさん、青井（アオイ）。

それは、彼女のようやく放った、一世一代の全力の咆哮（ほうこう）だった。

(12/23)

音が止んだ。

ゲームセンターを出た直後のように、耳が寂しさを訴えた。

要望に応えて、また、音があった。ゲームの道具たちが姿を隠す音だった。せりあがった壁は床に戻り、六かける三、十八個の丸鋸も天井に戻ってゆく。戻らなかったのは、鍵の受け渡しのため幽鬼が取り外した壁の一部だけだった。三角形の部屋は、六角形に戻り、壁に寄りかかっていた幽鬼はそのまま倒れた。

もう一人倒れた。

壁の向こうにいた、金子だった。

身を起こし、幽鬼は金子に目をやる。うつ伏せに倒れた姿勢のまま、彼女は小刻みにふるえていた。たぶん、泣いていた。声を出しているのか、息を吐いているのか、はたまた痙攣しているのか判別のつきにくい行為を一定のリズムで繰り返していた。丸鋸がかすったのだろう、メイド服のあちこちと、その綺麗なブロンドの一部に損傷があった。

また、彼女には、右手首から先がなかった。

壁の近くに、落ちていた。それがさっきのからくりだった。金子は、自分の手首を切断したのだ。手錠から逃れるのに、これ以上なくわかりやすい方法である。

もちろん、人間の体はプラモデルではないのだから、切断しようと思ってすぐにできるものではない。それを実行したのは、金子ではなくあの手錠のほうだった。手錠には、レバーの上下とともに締め付けの増減する機能があった。上に行けば強く、下に行けば弱く。いちばん上にまで行けば手首を食いちぎるだろうと幽鬼は推測していた。それこそが、このゲームの用意した模範解答だったのだ。ほかのプレイヤーが指先だけで鍵を狙う中、勇気を持って片手を切り、全力で鍵をつかみに行った人間が生還する。そういうことなのだ。犠牲をいとわない心を求めるゲームだったのだ。

無傷の生還を諦めたから、だから、金子は生き延びた。

その体がふるえているのは、きっと、痛みのためではなかった。

「ごめんなさい」

小さくそう言ったのが、至近距離にいた幽鬼の耳に届いた。一回ではなく、不定期に、気持ちの高まるたびそれを吐き出しているようだった。

青井のお株を奪う、小さな声だった。

その青井はといえば、金子の隣の部屋――に相当する領域に〈あった〉。

「なん……ですか？〈あれ〉」

桃乃の声がした。彼女と、紅野が、お互い身を寄せるようにして立っていた。どちらにも、三日三晩不休で働かされたかのような色濃い疲れがあった。

「なんで、赤くないんですか？」

恐怖でも、嫌悪でもなく、困惑を多く含んだ声だった。

原因は、青井(アオイ)のありさまに求めることができた。三つの丸鋸(まるのこ)で全身を破壊された彼女は、周囲に、生々しい赤色を撒き散(まち)らしてはいなかった。まだ色の鮮やかな肉をさらしてはいなかったし、鉄臭い匂い、はらわたに残した糞便(ふんべん)の臭いを放ってもいなかった。

そこにはただ、もこもことした白いものがあるばかりだった。

それは、まるで、綿の飛び出たぬいぐるみの様相だった。

そうか、と幽鬼(ユウキ)は思った。見るのはこれが初めてなのだ。黒糖(コクトー)のときは、損壊があまりなかったから。「〈防腐処理〉」と解説を入れる。

「人が観(み)るものだからね……。生々しくなりすぎないよう、こういう工夫をするんだよ。このゲームで死んだ人間は、こうなる」

「手早すぎませんか」紅野(ベニヤ)が言った。会話をすることで、少しでも冷静さを取り戻したいという調子だった。「血肉をぬぐって、綿をばらまいて、臭い消しまでして生々しさを完全に消す。工作する時間なんてせいぜい数秒しかなかったのに」

「ああ、いや。工夫っていうのはそういう意味じゃなくて……」幽鬼(ユウキ)は首を振る。「ごめん、言葉が悪かった。〈防腐処理〉は、死後じゃなくて、最初からされてるんだよ」

桃乃(モモノ)も紅野(ベニヤ)も、わかりかねるという顔をした。幽鬼(ユウキ)は言葉をさらに付け足す。「私も詳しくないんだけど……例えばあの白いのは、全部、もともとは青井(アオイ)さんの血液だった。空気に触れたらあっという間に固まるようになってるんだ。だから、怪我(けが)をしても止血はしなくていい。それと……臭いがしないのは、それも元から。私たちも体臭はしなくなってるはずだよ。あと、遺体を放置してても、肉が腐ることはない。防腐剤かなにかを練り込んであるんだと思う」

　二人の顔がみるみる色をなくした。不調にさせたことは申し訳ないが、しかし、伝えたいことは伝わったようである。「都市伝説じゃないんですよ」と紅野(ベニヤ)が言葉をつなぐ。

「そんな、添加物ばっかり食べた死体が腐りにくいみたいな……その、つまり私たちは……肉体改造されているということですか？」

「うん。ここに運ばれてる間にね。だから、献血とか絶対行っちゃだめだよ。ゲームのあとに言われると思うけれど」

　今度こそ、紅野(ベニヤ)は完全に黙った。

　そのまま、血の気が引いて倒れるのではないかという勢いだった。それはさすがになかったが、力なくうなだれて、比較的ダメージの少なかったらしい桃乃(モモノ)がその背中をさすった。立場が逆転していた。

　幽鬼(ユウキ)は、金子(キンコ)に向き直った。体勢は変わっていなかった。うつ伏せで、泣き崩れている。不定期の〈ごめんなさい〉もいまだ継続中。その右手首には〈防腐処理〉の成果が出ていた。綿もこもことして、右手首の血を止めていた。

「言わないほうがいい」幽鬼は忠告した。

「思うのはいいけど、声には出さないほうがいい。出したら弱くなるから」

金子に反応はなかった。

心中お察しするというところだ。親の借金をすすんで引き受けるほど〈ずれた〉責任感の持ち主、感情はひとしおだろう。肉体的にも精神的にも、当ゲームでいちばん損なわれたのはこの娘といえた。その責任のいくらかは舵取りを誤った幽鬼にあるので、申し訳なく思う気持ちがかなりの強度、存在したが、幽鬼はそれを意識的に制御していた。自分の行動のせいでまずいことが起こったとしても、ゲーム中はそれに対して無責任な態度でいる。はるか昔に、そう決めた。だから黒糖が死んだときにもなにも言わなかったし、金子に対しても、たとえ本人から謝罪を要求されたとしても突っぱねるつもりでいる。それがルールだ。この世界で一分一秒長生きする鉄則なのだ。

彼女にも、そうであってほしいと、思う。

だが、金子を心変わりさせるような気のきいた言葉は思いつかなかった。幽鬼は扉に向かい、案の定〈開〉に変わっていたそれを開き、横につけた。そして、メイドさんたちが、自発的に先に進もうと言ってくれるのを待った。

扉の先は一本道だった。

メイドさんたちは、無言で進んだ。誰も、なにも、しゃべらなかった。さっきの廊下と同じだが、その詳細は違っていた。さっきの沈黙は、言うなれば、〈覚悟〉だった。気合を十分肉体の中にとどめていたから、だから、しゃべらなかったのだ。今回のこれはこの上なくわかりやすい〈絶望〉だった。とんでもないことになった、こんなところ来なきゃよかったとたっぷり後悔しつつも、ここまでやった以上行くしかないという、消極的な前進。惰性の足取りだった。

また、例の合体を四人は取りやめていた。理由は、わからなかった。右腕にくっつくべきメイドさんがいなくなってしまったからか、それともさっきの部屋で、みなの関係にひびが入ってしまったからなのか。顔のいい女らにひっつかれて緊張していた幽鬼(ユウキ)であるが、離れられたら離れられたでこれはなんとも寂しかった。

合体なしとはいえ経験者である幽鬼(ユウキ)が先行しているのは変わらず、その左後ろで金子(キンコ)が、それこそ青井(アオイ)の魂を受け継いだかのような暗い面持ちでとぼとぼ歩き、右後ろで桃乃(モモノ)と紅野(ベニヤ)が、やっぱり君らできてたんだなという具合に、手をつなぎ体をひっつけて歩いていた。

「まあ、なんだな。これで峠は越したってところかな」

ひどく重苦しいムードだった。払拭するべく、口を開いた。

「参加者六人のゲームなんだ。あれよりでかい試練はもうないと思っていい。今の人数から考えても、あとは消化試合みたいなもんだよ、たぶん」

嘘(うそ)ではなかった。ゲームの生還率は平均して七割前後に設定されている。六人中二人が死亡というと、すでに七割を切っているわけだから、やる気満々の障害はもう出てこないはずである。あったとしてもせいぜいひとつ、それも犠牲を強いるようなものではないはずだ。が、メイドさんらの表情はどうにもすぐれなかった。

「あー、あと、あれだ、その右手のことなら大丈夫だよ」

短くなった金子(キンコ)の右腕を見て、幽鬼(ユウキ)は言う。

「〈防腐処理〉でくっつきやすくなってるから。ゲームが終わったら、ちゃんと治してもらえるよ」

意外に思われるかもしれないが、このゲームは医療的なバックアップを完備している。もちろん闇医者なのであるが、ゲームによる負傷は可能な限り治してもらえる。〈防腐処理〉の存在のため、その〈可能〉な範囲というのは通常よりもかなり広い。手足の切断ぐらいならまず完治する。髪や皮膚や歯や爪なんかもまあなんとかなる。時には臓器でさえも、どこのルートから持ってくるのか知らないが用意してもらえる。それは治療というよりかは〈修復〉とでも呼ぶべき手際で、命さえつないでおけば、だいたいは元通りにしてもらえると考えていい。

だから金子（キンコ）の右手は治るのだが、しかし、それでも彼女は暗い顔だった。

どうしたものか。幽鬼（ユウキ）は途方に暮れる。ゲームは二十八回目の彼女だが、〈こうなった〉初心者を立ち直らせるすべは体得していなかった。初心者を率いるのは、初めての経験だったからだ。

二十八回のキャリアの中でも、このゲームは相当のイレギュラーだった。考えてみれば、そもそも、このゲームはおかしい。プレイヤーの熟練度に偏りが大きすぎるのだ。これでは、幽鬼（ユウキ）がゲームを支配するに決まっているだろう。面白くもなんともない。初心者を騙（かた）る〈狼（おおかみ）〉でもいるのなら話は別だが、これまで見た限り、幽鬼（ユウキ）の観察眼を信用する限り、メイドさんたちの中にそのような人物はいない。

ゲームとプレイヤーのマッチングなんていつもうまくいくものではないし、事実、人数合わせのスカウト組たる桃乃（モモノ）がいるぐらいなのだから、今回はたまたまプレイヤーのバランスが悪かったということで一応の説明はつく。が、しかし、考えないではいられない。もし仮に、この配置が意図的なものだったとすれば。幽鬼（ユウキ）が盤面を支配し、全員手をつないでクリアを目指す、それを前提に作られたゲームなのだとすれば——。

「………」

それに思考を向けたため、幽鬼（ユウキ）の口からも、言葉は失われた。

四人は一本道を進み続けた。額縁に入れられた絵画、動物の剥製、五段重ねのチェストなどなど、お屋敷らしい調度品がいくつか見受けられたが、どんな罠（わな）があるかわかったものではないのですべて無視した。

〈そこ〉に至るまで、ついぞ、会話はなかった。

（14／23）

一本道の突き当たりには小部屋があった。

扉がふたつ並んでいた。左のほうはすでに開け放たれており、奥には、小部屋というにもやや足りない、シャワールームより大きいか小さいかというスペースがあった。それは部屋というよりおそらく――

「エレベーターかな」

左の扉に近づき、幽鬼（ユウキ）は言った。

「素直に解釈するなら、これに乗れってことなんだろうけど……」

幽鬼（ユウキ）は、エレベーターの、扉と箱の隙間に目を向けた。考えうるいちばん単純な罠は、この隙間からギロチンが飛び出してきて、通ろうとした者を縦にざっくり二分割といったところだ。幽鬼（ユウキ）は、頭のカチューシャを外し、隙間にそっと通してみた。なにも起こらない。無生物には反応しないのかもしれないので今度は左腕を通してみた。なにもない。幽鬼は足を前へ、ロングスカートをふわりとさせつつエレベーターに入った。なにもなかった。エレベーター内部も調べたが、カミソリの一本さえ出てくることはなかった。そもそもが山場は越えたという読みだったので、順当な結果ではあったが、それでも、幽鬼はふうと一息つく。

外の三人に〈いけるぜ〉と幽鬼はサインを出した。続々、乗り込んできた。二人目の金子、三人目の紅野まではなにもなかったのだが、最後の一人――桃乃が乗り込んだとき、それは起こった。

エレベーターが、ブザーを発したのだ。

「う」

強いて文字にするなら〈う〉だろう。そういう声を誰かが出した。ブザーの理由は明らかだった。四人は、揃ってエレベーターの壁面、パネルの上部に取り付けられた液晶の表示に目を向けた。

こうあった。

積載、百五十キログラム。

「………」

その意味を。

どの深度までメイドさんたちが理解していたか、顔を見ただけでは、判断がつかない。

「……あー」と幽鬼（ユウキ）は、機先を制して声を出す。

「とりあえず、降りよう。全員同時に」

メイドさんたちはうなずいた。

体を縦にして横一列に並び、せーので横歩きするという形でエレベーターの外に出た。おのおの小部屋の好きなところに身を置いて、そして、「百五十というと」と切り出したのは紅野（ベニヤ）だった。

「ちょうど、三人分ですよね」

「そうなるね」

そうなるねとは言ったものの、内心勘弁してほしいなと幽鬼（ユウキ）は思っていた。一人分を五十キロと勘定しているのだろうが、きりのいい数字だからそこに設定したのだろうが、いや、本当に、勘弁してほしい。

「しかもあれ、液晶に表示されてたしね……。人数に合わせて書き換えてるんだと思う。六人で来てたら、二百五十キロってことになってたはずだよ」

「二人ずつ乗っていけばいい……ですよね？」桃乃（モモノ）が言った。全身で肯定を求めていた。

「その、三人しか乗れないんだったら。二かける二で問題ないですよね？」

「残念だけど」紅野（ベニヤ）が答えた。「おそらく、一回しか動かない」

「なんでそんなこと」

「はっきり書いてある。〈one time only〉と」

紅野（ベニヤ）はエレベーターの横を指差した。中学生レベルの英単語が三つ並んでいた。

〈one time only〉。

学のない幽鬼（ユウキ）でも、これぐらいは読める。――〈一回きり〉だ。

「このエレベーターは三人用なんだ」

「……あの。それって、その……」

桃乃（モモノ）は言葉を飲み込んだ。

その視線は、エレベーターではなく、そういえばあったもう片方の扉へと向いていた。

ガラス戸だった。すりガラスでも網入りでもない普通のガラスなので、室内の様子がよく見えた。サウナ室のような、階段状の床を持つ部屋だった。たぶん、本当にサウナだった。白と黒しかないこの建物にしては珍しいことに、暖色系の光で内部が満たされていたからだ。

しかしサウナうんぬんよりも目を引くのはその壁だった。そこは、大小よりどりみどり、バラエティ豊かな武器で埋め尽くされていた。ファンタジーに登場する武器屋さん。そういうものを想像していただければ事足りる。刀剣、鈍器、投擲（とうてき）物、長物。爆発物や銃器がないだけまだましと考えるべきか。側面に〈２ｔ（トン）〉と書かれたハンマーなんてものもあって、部屋の風景に、すがりつきたくなるような冗談味を与えていた。

しかし、現実だ。

四人のメイドさん。三人しか乗れないエレベーター。争いを勧める武器の数々。

それらのことから推測されるこのゲームのルールとは——。

「——そうじゃない」

幽鬼(ユウキ)は首を振った。

「早合点しちゃだめだ。確かにエレベーターには三人分しか乗れない。だけど、それはなにも、一人置いていくってことじゃない。置いていくのは一人分でいいんだ」

「……？」紅野(ベニヤ)は訝(いぶか)しげにした。「どういう意味です？」

「つまり、その……」直接的な表現はさすがにはばかられた。幽鬼(ユウキ)は、問題のサウナ室を親指で指した。「四人で、ちょっとずつ。一人分を置いていくんだよ」


（15／23）


明らかに空気が凍った。

「うろ覚えだけど……確か、片腕につき五パーセント弱」

〈それ〉については過去のゲームで聞いたことがあった。幽鬼(ユウキ)は、記憶を探る。

「片脚につき二十パーセント弱。水分量が全体重の六十パーセントぐらいで、しぼれるのができて十パーセントぐらいだからかけ算して六パーセント。手足を切ることを考えると、少し負けて五パーセントかな……。髪は意外と重さがなくて百グラム程度。あと、忘れちゃいけないのがこのメイド服だ。数キログラムあるだろうから、人として恥ずかしくない範囲で減らしていこう」

「冗談でしょう」桃乃が言った。その顔は、今日いちばんの青さだった。「え……冗談ですよね？　冗談だって言ってください」

「切るのは私がやるよ」幽鬼が答えた。「心得はある。どの部位も一撃で落とすと約束する」

「そんなこと言われましても！」

いい声で桃乃は鳴いた。たちまち、その場に崩れ落ちた。「〈防腐処理〉があるから心配いらない」と幽鬼はそのつむじに声をかける。

「よっぽどまずい切り方をしない限り、またくっつくよ」

「くっつかなきゃ困りますって……」

言ったのは紅野だった。壁に背をつけていた。

「……穏便に済ます方法はないんですか？　さっきの部屋でもおっしゃっていた、裏ルートというのは」

「もちろん探す。でも、今のうちに覚悟は決めておいてほしい」

「五十ってことは、ひとり頭十二キロぐらいですよね？」食い下がる桃乃。「ボクサーって試合前に二十キロぐらい減量するじゃないですか。それと同じノリで、なんとか……」

「ああいうのって一ヶ月ぐらいかけて減らすもんだからね……。ここでやるには、時間が足りない」

それがとどめだった。空間から、声は失われた。

――まずいかもしれん。

そう、幽鬼は思った。

肉体の一部を置いていく、といっても、あくまで一時的なことだ。〈防腐処理〉がなされているためゲーム終了後には元通りくっつくし、同じく〈防腐処理〉のために失血死の心配もない。さっきの六角形の部屋や鍵探しに比べれば、はるかに安全なゲームといえた。

しかし幽鬼の思った以上にみなの反応は厳しかった。このゲームへの熟練度からくる、見解の相違だった。自分自身の体を〈手札〉として扱う、いざとなれば破棄することの可能な〈駒〉とみなすやり方に、彼女たちは慣れていないのだ。〈防腐処理〉のことだってついさっき聞いたばかりである。まだ、その効果を信用しきれてないというのもあるだろう。

自分の体を切り落とすことへの、忌避。

それは、ひょっとしたら、殺人への忌避を上回るかもしれない。誰か一人ぶっ殺して三人で脱出する。そういう考えに至るメイドさんが出てきてもおかしくはなかった。幽鬼（ユウキ）は、さりげなく、メイド服のポケットの中で拳を握る。もしそういうことになってしまったら、誰かが誰かに襲いかかるということが現実の光景になったら、幽鬼（ユウキ）も、拳を使わないといけない。桃乃（モモノ）、紅野（ベニヤ）、金子（キンコ）、三人へ均等に視線を飛ばした。両足が、動き出すそのときを見逃さない。ここが正念場であると幽鬼（ユウキ）は腹をくくった。注意力を惜しみなく投じ、絶えず三者を監視する――。

「私が」

しかし。

彼女の言葉に、それははかなくも崩れた。

「私が残ります。みなさんは、先に行ってください」

（16／23）

三人とも固まった。

桃乃（モモノ）、紅野（ベニヤ）、百戦錬磨の幽鬼（ユウキ）でさえも、不覚、あっけに取られた。三人が三人とも硬直し、その小部屋の時間は、確かに一瞬、止まった。

間隙にねじ込むかのごとく金子は走り出した。

金色のツインテールがはらりと揺れた。

「……！　待っ――」

いち早く復帰した幽鬼が言う。

だが手遅れだった。なにせ小部屋なのだ。一メートル二メートルの話なのだ。金子がサウナへ入るのを阻むことはできなかった。扉が閉まる。一瞬遅れてガラス戸の取っ手をつかむが、それさえも手遅れで幽鬼の全力をもってしても動かない。施錠されたのか、あるいはつっかえを噛まされたのか。どちらにせよ意味するところは同一だった。

ガラス戸のガラス部分を幽鬼はどんどんと叩いた。だがむなしい。言葉の届く届かない以前、そもそも音が伝わっていない様子だった。金子がこちらによこした反応といえば、ひどく疲れた瞳による一瞥だけだった。そして、すぐ、転んだのか座ったのかわからない動作でその場に尻をつき、膝を抱えた。

籠城の姿勢だった。

「え……な、なんですか？」おろおろとそう言ったのは、桃乃。「なにが起こったんですか、今？」

「……見ての通りだよ。金子が、脱出を諦めた」

扉の前で、幽鬼は頭を抱えた。言いながらも幽鬼の心は急速に冷えていった。それすなわち、この状況が〈やばい〉ものであるということにほかならない。

「自己犠牲。ヒロイズム。初心者の死因のひとつだ」

それは、パニックの一形態である。

自分以外の誰も信用できなくなって、寝室にひとり閉じこもって、翌朝に無惨な姿で発見される臆病者というのがミステリーにはしばしば登場するものである。今回のケースは、その逆だ。勢い余った勇敢さ。極限状況への酩酊からくる命の放棄。これまでに何度も見てきた。ゲームも終盤に差し掛かった頃、度重なる〈演出〉に心をやられたプレイヤーは、その場の雰囲気に任せて身を投げてしまうのだ。たかが責任感や罪悪感で死ぬのだ。

私のせいで青井さんは逝った。

あがないのため、私も逝かなければならない。

幽鬼はしつこくガラスを叩いた。破れる。そう考えていた。この扉は、別に、ゲームの進行上必要な仕切りではないからだ。絶対に破壊できないということはないはずだった。だが、少なくとも、素手では壊れないということが手がじんじんしたためにわかった。道具がいる。目の前のサウナ室の武器がどれもこれも聖剣に見えた。とはいえ手に入らないのだから仕方ない、幽鬼は踵を返して小部屋を出ようとする。

が、その手をつかまれた。

振り向いた。桃乃だった。

「あの……その」

なにかを訴える目つきだった。

見れば、やや奥にいた紅野も、同じ目をしていた。

幽鬼は、思わず笑みが漏れてしまった。

その目は確かに語っていた。

――いいじゃないですか。死んでくれるっていうんだからほっとけば。

――このまま三人で脱出しちゃいましょうよ。

「なに？」

でも、幽鬼はあえて聞いた。

桃乃も、紅野も、言葉に詰まっていた。

幽鬼がおのずから察するのを待っているのだ。たまらない高揚を幽鬼は覚えた。こんなにもかわいらしいメイドさん二名が、頭の中で、そういうことを考えているという事実が、なんだかとてもいやらしいことのように感じられたのだ。二人のことを卑しいとか残忍だとか非難する感情は幽鬼にはなく、ただ、かわいいなという思いだけがあった。――あまり考えたくないことではあるが――こういったエクスタシーを感じるために、幽鬼は、このゲームを続けているのかもしれなかった。

視界の端で動くものが見えた。

目を移した。金子が、壁から、一本のナイフを取り外しているところだった。まさか幽鬼に渡してくれるわけもないだろう、自分で使うため取り外したのだ。そして、使用先となるものは、彼女のいる空間にひとつしか存在しなかった。――金子自身だ。自分自身に刺す。それ以外の目的は考えられなかった。

自殺する気だ。

そうなれば、いくらなんでも彼女を置いていくしかなくなるだろう。幽鬼たちがもたもたやっているのを見た金子なりの発破だ。幽鬼は目をむいた。だが、幸いなことに、ナイフをがたがたふるわせる左手が向かった先はもう片方の肘だった。愛らしさを幽鬼は覚えた。そこでは、たとえ〈防腐処理〉がなかったとしても死ねない。

とはいえ金子があいう行動に出た以上、余裕はなかった。幽鬼は桃乃に向き直り、そして、

「桃乃さん、考えてみて」

殺し文句を口にした。

「このまま金子が死んだら――」

言葉にすれば、二言三言だった。

それを聞いて、桃乃、のみならず紅野の表情も変わった。そう。この状況、金子を死なせてはならない理由が、倫理的なものや精神衛生上のものではないはっきりとした理由が、

ひとつあった。ここで金子に死なれたら幽鬼らはたいそう困るのだ。全滅——とまでは言わないが、〈防腐処理〉でも治らない怪我が発生する恐れがある。その理由を幽鬼は告げたのだ。

桃乃の手から、力が抜けた。

「行っていい？」

ばっちり目を合わせて幽鬼は言った。

桃乃は、横の移動が禁じられていたので仕方なくそうなりましたというふうに、首を、縦に振った。

（17／23）

あの小部屋に至るまでは一本道だった。

そして記憶の限り、道中に武器類はひとつもなかった。それでも、幽鬼には策があった。

ガラス戸を破壊できる道具？　そんなもの、この館にはありふれている。

一本道の途中にチェストがあった。

一段ごとに白黒の交互する、幽鬼の半分の背丈しかないかわいい感じのチェストだ。こういうものが廊下に置いてあるのをゲームや映画じゃたまに見かけるが、しかしなんだってわざわざ廊下に収納スペースを作るのだろう？　中になに入れてるんだろう？　その疑問はまもなく解ける。幽鬼は、神経をこの上なく研ぎ澄ませて、致命傷だけは絶対に回避するという気合をもって、いざ鎌倉とチェストの一番上を引き出した。

なにも起こらない。

両手を交互に使って幽鬼は侵略を続けた。二段目。三段目。四段目。五段目とともにほんのわずか違う手ごたえがした。とっさに、横っ飛びして一本道を転がった。転がりの最中、風切り音プラスなにかが木を穿つ音がした。停止し、顔を上げてみると、予想的中、いつか黒糖を仕留めた金属棒がチェストに刺さっていた。

この建物にいくらともなく設置されたトラップ。
アイスピックやドライバーに似た、しっかりとした太さを持った、尖りものだった。幽鬼はそれを引き抜いた。取っ手がないため、いささか手間取った。来た道を戻って——というよりかは戻った道をまた行って幽鬼はくだんの小部屋に戻った。「幽鬼さん！」声をかけてきた桃乃に「金子、どうなってる？」と幽鬼は聞いた。

「え、その、あの」

「ぐったりとして動きません」

ガラス戸の前にいた紅野が代わった。

その奥で、金子が仰向けに倒れていた。

「怪我ではなく、精神的なものかと。大したところを切っていた様子もないので」

「なるほど」

幽鬼はガラス戸に飛びついた。ガラスに切り取られている部分とそうでない部分の境に、彼女は、さっき取ってきた金属棒を強引にねじ込んだ。亀裂が走った。幽鬼は笑った。ガラス破りの主たる方法のひとつだった。こういう小さな道具で破りたいときは〈こう〉するのだ。数個の破片を扉から外し、腕が通るぐらいの穴を開けて、手を突っ込んで幽鬼は内側、取っ手の周辺をあさった。こちら側にはないへこみがあるのがわかった。その辺りをいじってロックを解除、腕を引いたのとともにメイド服をガラスにひっかけて破片の一個が飛んだ。

開けた。

幽鬼がまず思ったのは、暑い、ということだった。やっぱり、サウナ室だった。体重を減らさなければいけないのだから納得の設備である。着ているのがメイド服なので暑苦しさは倍増だった。〈防腐処理〉があるので汗臭くはならなくて安心、幽鬼はかまわず金子に駆け寄り、仰向けになっているその肩を乱暴につかんだ。「金子！」

目が開いた。光がない。サウナに半日閉じこもってたとしてもこうはならんだろうという様だ。こういう顔は、じつは、幽鬼もあまり見たことがない。ほとんどのプレイヤーは絶望する間もなく死んでしまうからだ。それは、生きるのを諦めた、魂が現世にない人間の表情だった。

　そのちっちゃな体を幽鬼はかついだ。軽い。臓器がひとつも入ってないぐらい軽い。軽すぎて背中にかつぐ必要さえ感じなかった。幽鬼は、クレーンゲームのでっかいぬいぐるみを持っていくようなノリで、金子を前方に抱きしめてサウナを出ようとする。

「なんで――」

　そこで、

「来たんですか、幽鬼さん」

「そりゃ、そっちが来てくれないからね」幽鬼は適当に答える。

「先に行けと言ったじゃないですか」

「できるだけ大人数でクリアするとも言ったよ」

「……いいんです、私は！」絞り出すような声だった。「もう死んだっていいんです！放っておいてください！」

　――たぶん、こういうとき。

　幽鬼がとるべき社会的にいちばん望ましい行動は、説教なのだろう。ばかやろうとほおを叩き、生きることのすばらしさを滔々と説く。だがそれはできなかった。なぜって、当の幽鬼が、命を軽視していることこの上ない人種なのだ。人が死んじゃうゲームのヘビープレイヤー。それを棚に上げて説教できるほど幽鬼の神経は図太くなかったし、それに、ゲームと無関係のところで、相手をひるませる目的で暴力を振るうのはだめだろうという思いもあった。無理だった。

それでは、次善の策、弱きを助けるに理由はいらないと主張するのはどうだろうか。それも無理だ。嘘になるからだ。そんな綺麗な精神を持っている自負がないからだ。幽鬼の利他は、ゲームをより有利に進めるためのものだ。裏切。不実。詐話。謀略。そればかりやっていると心が卑しくなり貧しくなりゆくゆくは身を滅ぼすというのが彼女の思想だった。つまるところ、骨の髄までプレイヤーなのだ。生きるか死ぬかの世界の住人なのだ。そんな甘ったるいことは言えない。

「そういうわけにはいかないよ」

だから、結局。

かけられる言葉は、それしかなかった。

「だって、金子がいなくても、三人だけになってもまだだいぶオーバーしてるし」

「……え?」

「いや、ほら。桃乃さんも紅野さんもでかいじゃない。減量しないとだから。サウナ室に入れないままじゃ、まずいんだよ」


(18/23)

四人の身長、体格について。

どちらについても、いちばん恵まれていないのは金子だ。腰かけぐらいしかない背丈。乱暴に触れたら折れてしまいそうなほど細い首。メイド服の上からでもわかるほど華奢な体つき。実際に抱えてみて幽鬼はよりはっきりわかった。たぶん、数字にして、三十キロもないだろう。成長期前の小学生同然である。

それに比べて考えものなのは桃乃と紅野の二名だった。かたや超絶にいやらしい体の娘。かたや天を衝く高身長の王子様。――いや。紅野についてはまだましだ。縦に長いだけで、その肉体は引き締まっている。問題は桃乃だ。なんだあれは。なんなんだあの太ももは。最初の頃はさわりたいなとか呑気なことを思っていた幽鬼だったが、今となっては〈あれ〉にいまいましさすら覚えていた。体重を聞くのが申し訳ないぐらいのけしからんボディだ。

また、こうして文句をつけている幽鬼も人のことは言えなかった。桃乃や紅野ほどではないはずだが、でも、五十キロは絶対にあると思う。

すなわち、金子以外の全員が平均をオーバー。

その余剰は、三人合わせて二十キロに達するというのが幽鬼の読みだった。十五でも、二十五でもなく、二十キロである。三人分の体重を百五十キロと勘定しているということは、全プレイヤーの平均体重は同年代の女子の平均——すなわち五十キロ近辺に調整されているのではないかという推理だった。先に逝った二人、青井も黒糖もそう極端な体格ではなかったので、金子の軽いぶんを負担しているのは残りの三人という論理になる。だから二十だ。

二十キロ。金子を置いていくと仮定しても、あとそれだけ減らさないといけない。ひとり頭七キロ。それぐらいなら絶食すれば自然に落ちるのではないかという意見があるかもしれないが、間違いだ。断食は意外と体重を減らさない。水分が出ていくため初日はがくっと落ちるのだが、すぐ勾配が緩やかになる。基礎代謝で減る体重は一日あたり百数十グラムしかない。七キロ減るより幽鬼たちの餓死するほうが早かろうし、よしんば達成したとしてゲームはまだ続くのだ。そんな半死半生の状態で乗り切ろうなんてこのゲームをなめている。よりもっと直接的な手段が必要なことは誰の目にも明らかだった。

肉体の切除が。

サウナ室のごっつい刃物たちが、必要だ。

幽鬼と金子、二人は小部屋に戻ってきた。ホールドを解き、金子は地面に降り立った。桃乃も紅野も、彼女の無事を喜ぶでもなく、声をかけるでもなく、近寄ることもなく、四人が四人、微妙な距離で微妙な感じの沈黙を作っていた。

幽鬼は、横目に金子をうかがう。その顔は——赤くなっていた。自己犠牲に走ったつもりが、じつのところチームをもっと追い詰めていたということが発覚し、しかも犠牲にすらならせてもらえなかったということから来ている赤だろう。わかりやすくうなだれ、所在なげに手が動き、唇が動いてはいるがなんの言葉もつむぐことはなく、総合して、えらく気まずそうだった。その心境を想像するだけで幽鬼の胸は高鳴ったが、しかし、とはいえ永遠に見てるわけにはいかぬ、その小さな背中を幽鬼はそっと叩いた。「まあ、ね」

「もうちょっと、卑怯な心を覚えてもいいと思うよ。金子は」

そういえばいつの間にか〈金子〉と呼び捨てていた。いつからだ。最初からか。〈金子さん〉と呼んだ記憶が逆に幽鬼にはなかった。ほかの四人はさん付けしているというのにだ。明らかに一人だけ身長が低いから、見くびる感情があるということの表れだろうか。よくないなあと幽鬼は思うが、しかし金子がその呼称に文句を言ってくることはなく、どころか応答ひとつよこしてはくれなかった。ほかの二人も、無反応だった。

仕方ないので幽鬼は一人サウナ室に乗り込んだ。適当に、人体を切断するに足る風格の刃物をいくつか選び、小部屋に戻ってそれらをがしゃがしゃがしゃと床に放った。

その音には、さすがに、全員注目を返す。

「五十割る四で、一人当たり十二・五キロ」

幽鬼はなるべく淡々と言った。そのほうが効果的だからだ。

「ただ、私たちの体重はばらばらだからね。キログラムよりも、パーセンテージで見たほうがいい。四人で一人分を分担するわけだから、それぞれ自身の二十五パーセントを置いていく計算になる」

　メイドさんたちの顔が、また曇った。さっきの混乱でまぎれていた現実の再来だった。

「どこを切るかは本人に任せるけど、胴体はあまりうまくない。切りにくいし、治りにくいから。両手両足のどれかから選ぶのを薦めるよ」

「さっき聞いたパーセンテージだと——」

紅野(ベニヤ)が反応を返してくれた。

「脚を落とすしか、ないですよね」

片腕につき五パーセント、片脚につき二十パーセント。二十五パーセントに届かせようと思ったら、選択肢はひとつしかない。「うん」と幽鬼(ユウキ)はうなずく。

「だから、私の提案としては、まず脚を切って二十パーセント落とす。加えて、そこのサウナで水抜きしてさらに五パーセント落とす。それで二十五パーセント。いちばん喪失の少ない、現実的なプランだと思う」

「切ると言っても、相当根元からいかないといけませんよね」

紅野(ベニヤ)は自分の〈それ〉に視線を落とした。ロングのメイド服なので、細いのか太いのか、わからない。

「落とせるものなんでしょうか、こういう刃物で」

「……経験はある。生体でやるのは初めてだけど。できるだけ苦痛なく、短時間でやれるように……その、なんだ、がんばるよ」

幽鬼は桃乃に目を向けた。「なんで私を見るんですか」と彼女は太ももを手で隠す。

「それと。本当に元通りくっつくんですよね」

「うん。それは確実」

「〈あれ〉が完全に治癒するなんて、私にはとても信じられないのですが」

紅野は桃乃に目を向けた。「……だから！　なんで私なんですか！」「間違いないよ」

「ゾンビとかぬいぐるみの体になったと思ってくれていい。パーツさえ残っていれば、どんな怪我からも復帰可能だ。私の両手両足がひっついてるのがその証拠だよ」

そう言って幽鬼は両腕を開いた。二十八回のゲームを生き延びた女。手足の欠損は数知れず、それ以上にひどいダメージも多くあった。だが、それでも、彼女はこうして現役を続けている。〈防腐処理〉の威力を示すこの上ない証拠である。

だが、「本当にそうですか？」と言われてしまった。

「今のうちに、ちょっと、証明してもらってもいいですか」

「え……どういうこと？」

「全部脱いでください」紅野は真剣そのものだった。「その手足が我が物であると、目に見える形で示してください」

(19／23)


その後のことは少々割愛する。

目に優しくない場面が続くからだ。幽鬼(ユウキ)が脱いだからではない。スプラッターのせいである。なるべく苦しませないようにするとそりゃあ幽鬼(ユウキ)も約束はしたが、しかし、人体切断なのだ。これで阿鼻叫喚(あびきょうかん)にならなくてなんになるというのか。こんなゲームに参加しているとはいえメイドさんたちにも名誉がある、彼女たちが行為の最中になにを叫び、どのぐらい暴れ、片脚の喪失にどのような反応を見せたのかということを幽鬼(ユウキ)は綺麗(きれい)さっぱり忘れた。客観的な事実のみ、記憶に留(とど)めた。

まず、忘れてはいけないこととして、裏ルートの有無を幽鬼(ユウキ)たちは初めに探った。〈防腐処理〉があるとはいえ、切り損だけは絶対に避けたかった。なんか勘違いしてるんじゃないか。積載百五十キロというのは見間違いじゃないか。隠し通路の類(たぐい)は。重量をごまかす工夫は。もっと簡単かつ効果的な体重の減らし方はないのか。なにぶんやることがやることである、現実逃避に等しいレベルの入念な探索を行なったのだが、だめだった。人体切断以外の道は本当になかった。結果としては空振りだったものの、とはいえ、メイドさんたちが覚悟を固める儀式としてこれは機能したので、あながち無駄ではなかったと思えなくもなかった。

幽鬼、金子、紅野、桃乃の順番に切除を行なった。いちばんは幽鬼でなければいけなかった。初めの一人が終わったあと、ダメージを負ったのをいいことに、そのまま三人でリンチして殺害し積載百五十キロをクリアするという作戦ができないこともないからだ。最初が幽鬼ならその心配はない。傲慢かもしれないが、片脚なくしたところで、初心者三人ごときに遅れを取るつもりはさらさらなかったからだ。

よって、主な問題は、自分で自分の脚を切るのはさすがにできないところにあった。例によって責任を感じた金子が〈やります〉と名乗りをあげてくれたが、でも、根本的に金子は非力だ。気持ちだけもらっておくとして、担当者に幽鬼は桃乃を指名した。一見すると紅野のほうが落ち着いていて王子様でうまくやってくれそうであるが、おそらく、彼女は、グロテスクな場面で体調を崩すタイプであると幽鬼は推理していた。青井死亡後のリアクションがその根拠だ。ゆえに選択肢はこの中でいちばん刃物を持たせちゃいけなそうな桃乃しか残っておらず、彼女は、まあ、彼女なりにベストを尽くしてくれた。幽鬼はこれで解決だ。

続く金子についてはたやすい仕事だった。もしかして素手でちぎれるんじゃないかというぐらい、その両脚が細かったからだ。そうはいっても刃物を握った。桃乃と紅野に両手両足を押さえてもらい、その脚の付け根に狙いを定める。ためらいは、十分制御できた。

それよりむしろ、メイドさんがメイドさんを押さえているという状況のほうに強い背徳感があった。同様、紅野（ベニヤ）についても難しいことはなかった。問題は彼女だ。桃乃（モモノ）の名に似つかわしい立派な太ももを、幽鬼（ユウキ）はさわった。さわりたいなと思いはしたが、こんな形で実現するとは想像だにしなかった。すごい困難を感じるとともに、やらねばならぬという炎が幽鬼（ユウキ）の中であがった。美術品の修復士というのはこういう気持ちなのかもしれない。傷ひとつ残らないよう、綺麗（きれい）に切断しなければならない――。

そして。

サウナ室にいくらでもあった棒状の武器を加工し、即席の杖（つえ）にした。限界まで汗を流し、水分を排出し、撮影されても恥ずかしくない限界までメイド服を切った。まだオーバーしていたので、各人、髪を短くまとめ、最終的には幽鬼（ユウキ）が金子（キンコ）を背中にかつぎ、杖の重量を浮かせてなんとか百五十キロ以内に収めた。

エレベーターが、動いた。

それを認めて、全員がその場に座り込んだ。片脚しかないのだ、一回座ったら立ち上がるのは難しかろうに、それでも座った。仮になにかの奇跡で脚が治ったとしても、しばらくは立てないだろうと幽鬼（ユウキ）はしみじみ思った。それほどの一里塚だった。

メイドさんたちを見回した。

もうメイドさんではなかった。エプロンを外し、着ているのは短く加工したワンピースだけだった。顔を見合わせて、笑った。絆を感じていた。イニシエーションというやつだ。共通のひどい苦痛が、娘さんらの間に一体感を生んでいた。それは、しばらくすれば消えてしまうただの錯覚なのだろうが、そうと理解しつつも幽鬼はいい気分に浸っていた。最高だった。このままエレベーターが永遠にどこにも到着しなくていいとさえ思った。

（20／23）


このエレベーターが直接出口につながっているというのが、理想だった。

障害の数からしても、その可能性は十分にあると思っていた。が、外れた。扉が開くと、そこは、エントランスと思しき広い空間だった。もうひと歩きしないといけないらしい。

幽鬼はぐっと背伸びをする。「行こう」

「上げて落とすってこともあるから、最後まで、油断なくね」

四人はエレベーターを出た。杖を使っての歩行に慣れている者はなかったが、しかし、そんなもの、これまでの苦難に比べたらなんのそのだった。すぐに出口らしき扉を発見し、全員、速度はともかくまっすぐに進んだ。

「それにしても、もどかしいですね。見えてるのになかなか着かないというのは」

出口を見つめつつ紅野が言った。その速度は、これまでの歩行とは比べものにならないぐらい、遅い。「まあね」と幽鬼(ユウキ)は言った。

「あれだな、なにか話そうか。無言の時間が長かったし、積もる話もあるでしょう」

「積もる話というと、例えば？」

「生きて帰れたら初めになにをしたいかとか」

「……不吉じゃないですか、それ」

横から桃乃(モモノ)が言ってきた。「そういうのって、言った人から死んでいくものじゃないんですか」

「そうでもないよ。むしろ逆でさえある。生きることに意味を感じている人のほうが生き残りやすい。当たり前といえば当たり前だけど」言ったからにはまず自分から。幽鬼(ユウキ)は続ける。「私は、なんだ、そろそろ家のごみ出しに行かないとまずいなーって思ってる」

「なんて呑気(のんき)なことを……」

「いや、真剣な話。プラスチックごみが二袋分溜(た)まってるんだ。これ一本の生計だから曜日感覚が全然なくてさ、捨てにいくタイミングがつかめないんだよ。明日って金曜日だよね？」

「そもそも今が何日のいつか知らないんですが。何日眠らされてたかもわからないし」

「日は飛んでないはずなんだよ……。今日が木曜のはず。ああ、でも、脚くっつけないといけないから明日じゃ間に合わないか……」

幽鬼（ユウキ）は顔をしかめた。その様子をしばらく眺めて、「……ラーメンが食べたいです」と桃乃（モモノ）が続いた。

「生きて出られたら。体調が悪くなるまで食べます」

「好きなの？」

「別段好きなわけじゃないですけど。ここに来てから、甘いものばっかり食べてたので」

「ああ……」

納得だった。「紅野（ベニヤ）さんはどうですか」と桃乃（モモノ）が話を振る。

「まあ、まずは、払うもの払わないといけないでしょうね」

そういえば借金――本人言うところの〈負債〉があるのだったか。「それからは？」と幽鬼（ユウキ）は聞く。

「もう少し勉強します」

「勉強」

「今回の賞金だけじゃ、おそらく足りませんからね。〈次〉も生き残れるよう備えます」

「そんなに滞ってるんですか」桃乃（モモノ）は仰天した顔。「というか、ゲームの賞金って、どのぐらいになるんですか？」

「初回なら、だいたい三百万ぐらい」幽鬼（ユウキ）が答えた。

むろん、日本円である。多いと見るか少ないと見るか難しいところだ。命を賭けているにしては端金(はしたがね)という気もするし、せいぜい半日の稼働で、経歴も資格も学歴も問わず、ただ命を賭けるだけでそれというのはもらいすぎな気もする。ともかくも三百は三百だった。

「連戦はけっこうきついよ」と経験者は語る。

「どのぐらいインターバルを取るべきでしょうか」

「人によってばらばらだけど、私の場合、一週間は取らないと危ない。逆に間を空けすぎちゃっても体がいうことをきかなくなるから、一ヶ月に一回以上は参加するようにしてる。つまりは、来週から来月の間かな」

「なるほど」

「金子(キンコ)は？」

幽鬼(ユウキ)は己の背中に聞いた。

「賞金、今回ので足りてる？」

「……」一拍置いて、「足りてます」と答えがあった。

「よかった。金子(キンコ)は、帰ったらなにしたい？」

「考えたこともないです。借りたものを返して、それで……」考える時間があって、「どうでしょう。わかりません」

主体性のない答えだった。

あれほど独自の判断でゲーム中は動いていたのに、である。しかし、そのことに、幽鬼(ユウキ)

は矛盾を感じなかった。おそらく彼女は、区切られた枠の中でしか主体的になれないのだ。ペーパーテストの成績はいいけれど実戦は苦手。同僚や上司とはうまくやれるのに家族とのコミュニケーションは不全。命を賭けたゲームはうまいが生活能力は皆無。

　それは、幽鬼（ユウキ）と同じ、プレイヤーの気質だった。

「気に病むことないからね」

　幽鬼（ユウキ）は念を押した。

「青井（アオイ）さんのことは、金子（キンコ）のせいじゃない。彼女はこのゲームに殺されたんだ。法律的にも倫理的にも責められるいわれはない。堂々、胸を張って元の生活に戻っていいんだ」

　答えはなかった。「繰り返しになるけれど」と続ける。

「金子（キンコ）はもっと不真面目になっていいと思うよ。少しぐらい卑怯（ひきょう）なほうが人として深みが出る。ね。そうだよね、桃乃（モモノ）さん」

「なんで私に振るんですか」やりづらそうな顔をする桃乃（モモノ）。「その、だって……しょうがないじゃないですか。あの状況だったら」

　なんて正直な発言だろう。幽鬼（ユウキ）は笑ってしまう。

　その場しのぎのなぐさめではなかった。心底、そう思っていた。命懸けのゲームというのは、人間の汚い側面にも光を当てる。それは、例えば、黒糖（コクトー）と青井（アオイ）を助けられなかったくせに、こうして一件落着みたいな態度で歩いていることや、鍵の奪い合いをしていたくせに、私たちずっと仲良しでしたみたいな雰囲気になっていることや、金子を見捨てようとしたくせになあなあで済ませようとしているこのピンクのことなどである。が、そういった一面を、ふしだらで不誠実で洗浄すべきものであると幽鬼は考えていなかった。そういうところがあるからこそ、女の子はかわいいのだと思っていた。

「……そうでしょうか」

と、金子がぽつり返答する。

「うん。きっとそうだ」

「じゃあ、生きて帰れたら……そうなれるよう努力します」

そんなふうに一段落ついて。

出口と思われる扉の前に、四人はたどり着いた。

両開きの、大きな扉だった。これまで通り幽鬼が先行し、左右ふたつの取っ手をつかんで、ぐっと押した。動かなかった。引くのかなと思いそうしてみるも、同様、手応えはなかった。

幽鬼は顔を上向ける。

扉の上に、三つのランプが並んでいた。

（21／23）

扉の上にあるという点では、エレベーターの階数表示を連想させる。

が、エレベーターにはさっき乗ってきたばかりだ。〈また〉ということは考えにくい。

二つのランプはすでに点灯していて、最後の一つを点灯させれば、この扉は開くのだろうということが簡単に読み取れた。

そしていちばん大事なこと。

そのランプは、三つとも、バツのついた人の形をしていた。

「――っ」

誰かが息を呑んだ。

信号の赤に書かれているような、人間の模式図である。三つ並んでいた。二つ、点灯していた。あと一つ灯せば扉が開くというのが自然な推理だった。

それは。

それは、つまり、どういうことだ？

「はっ」

笑い飛ばした。桃乃だった。

「勘違いしちゃだめですよね。ただ人型をしてるだけじゃ〈そう〉とは限らない。なんかうまい方法が今回もあるんですよね」

そう言って彼女は目くばせしてきた。幽鬼は、答えない。

「おそらく、障害の数ではないでしょうか」

紅野が続いた。

「六角形の部屋と、さっきのエレベーター。それで二つ。もう一つクリアすべきものがあるという証でしょうね。このエントランスのどこかにあるのでは？」

それはない。幽鬼は思う。たった六人のゲームで三回の障害があるというのは多すぎるし、ランプにバツをつける意味もあまり感じられない。ゲームはプレイヤーを騙しはすれど、誤解させるということはしない。ランプの形には、それ相応の意味がなければならない。

その意味とはなにか。

妥当な解釈は、ひとつしか思いつかない。

すぐに幽鬼が行動を起こさなかったのは、新しい疑問がひとつ生まれたからだった。ゲームの生還率は七割が通常。これでは設定が厳しすぎた。しかしその疑問はすぐに解答を得た。これが、初心者揃いのゲームだからだ。ニュービーの生還率はベテランよりも低い。ゆえに個人個人の生還率だけを見れば、六人中三人だけが脱出可能という設定は、厳しいものではない。やはり、幽鬼の睨んだ通り、プレイヤーのバランスがおかしいことには意味があったのだ。かねてあった疑問まではからずも解けてしまった。ここまでしっくりくるとなると、もう、ほかの解釈を探す必要は感じなかった。

心が氷点下まで冷えた。

幽鬼（ユウキ）は、金子（キンコ）を床に投げ捨てた。

「痛っ……」

床を転がる。仰向（あおむ）けになって、幽鬼（ユウキ）に向いたその目の色は、困惑が半分、うっかり落としちゃったんですよねという好意的な解釈が半分だった。非難の色はなかった。いい娘だな。そう幽鬼（ユウキ）は思った。その純粋な顔に杖（つえ）の先端を当てた。

そして、自分の体重をのせた。

ぐぎ、という、濁点たっぷりで表されるべき音がした。金子（キンコ）の首から出たものだ。彼女の首が、無遠慮に触れたら折れてしまいそうなほど細い首が、折れた。もともと限界まで水分を減らして弱っていたというのもあり、抵抗らしい抵抗は、なかった。声すら出さなかった。外傷がないので〈防腐処理〉にご出動いただくこともなく、時間にしてわずか数秒、重量にしてわずか数キログラムの力で、金子（キンコ）は、死んだ。

三つ目のランプが灯（とも）った。

扉が、ひとりでに開いた。気圧差があったためかさわやかな風が吹き込んだ。気持ちのいい青空と、緑豊かな庭が姿を現した。建物を出た瞬間がゲームクリアというのが不文律だった。庭に出たら、あとはもうその辺で寝ていればいい。すぐに職員が迎えに来てくれることだろう。あと少し。杖と足を動かすとともに、自分以外の足音がないことに幽鬼は気づいて振り返った。

棒立ちの娘さんが、二名だった。

信じられないものを見た。そんな目をしていた。

それこそ、文字通り、幽霊を見たみたいな。

建物を出た。ゲームクリアだった。ゲームが終わったら、言ってもいい。それがルールだった。視線を落とし、物言わぬ金子にしっかりと幽鬼は視線を定めた。

そして、言った。「悪いね」

（22／23）

騙していたのではない。

幽鬼は、本当に、最大の人数でゲームクリアを為そうとしていた。試みがうまくいっていたとはお世辞にも言えないが、それでも、志としては芯の芯からそのつもりだったのだ。

金子を手にかけたのは、やむを得なかったから。三人が死なないと終わらないゲームだと悟ったからである。

殺しやすかったから殺したのではない。

死にたいと言っていたから殺したわけでも、金子が特別憎かったから殺したのでもなかった。彼女を選んだのは、近くにいたからだ。ゲーム中、何者かを手にかける必要が生じた場合、そのときいちばん近くにいた人間を対象に選ぶ。そう幽鬼は決めていた。殺人へのためらいを、少しでも軽減するためのルールだった。ルールは力を与えてくれる。自分で助け、自分で励ました人間を、自分の手で殺害する勇気さえもたらしてくれるのだ。

結局、ごみの日には間に合わなかった。

職員に担がれ救急車に乗せられ、意識を失い、気がついたらアパートの自室だった。枕元にあった携帯を手に取ると、金曜日の昼だった。あーあと思いながら三分間のタイマーをセットし、そして、目を閉じて両手を合わせた。

ゲーム後の儀式だった。

祈りだった。

宗教のわからない女なので、我流である。祈りという言葉すら適切ではないかもしれない。今回のゲームで散っていった娘さんたちへ、謝るでもなく、悲しむでもなく、ただ、三分、その娘たちのことを頭に留めて時間を消費するのだ。

ばかげているだろうか。

自分で殺した人間に、祈りを捧げるというのは。

だが、少なくとも、幽鬼の中では矛盾なく成立しているのだった。デフォルトの通知音がして、目を開けた。タイマーを切り、携帯を捨て、脱衣して全身を確かめた。無傷だった。全身の駆動にも支障はなかった。自分の体が万全に〈修復〉されているか確かめる。これは、二番目に重要な儀式だった。

両足を使って立ち上がり、幽鬼は三番目の儀式に取り掛かった。部屋に備え付けられている、両開きのクローゼットを開けた。

中身は百花繚乱だった。

いちばん右にかけられていたのは、チアユニフォームだった。二十七回目のゲームで使用したものだ。そのひとつ左には振袖。これは二十六回目。そのさらに左には、スクール水着、死装束、軍服、体操着、チャイナドレスと続いていた。いちばん左にはセーラー服がかけられていた。これは、一回目のゲームで使用した衣装だということを意味しない。ちょくちょく衣装を抜き出しては当時を振り返っているので、順番はシャッフルされているのだ。

幽鬼は振り返った。枕元にメイド服が畳まれていた。ゲームに使用した衣装は、クリア後にもらえるのだった。エレベーター前でずたずたに切り刻んだはずなのだが、元通りに修復されていた。ありがたいな、と思いながら幽鬼は、二十八回目のゲーム参加記録となるそれをクローゼットの最右にかけた。

三番目に重要な儀式だった。さらに四番目が控えていた。不甲斐ないところを〈観客〉

のみなさまにお見せしてしまったので、今回のそれはいつもより長くなりそうだった。幽鬼は寝転がり、近くにあった毛布にくるまった。そして、温かさの中で、今回のゲームの反省会をひとり始めた。

（23／23）

新米プレイヤーのための手引き

参加者（プレイヤー）の人数はゲームにより異なる。百人以上のときもあれば、五人以下のこともある。ゲームの期間もさまざまである。一週間以上かかる場合もあれば、一時間もせずに終わる場合もある。

のルールも場合によりけりであるが、人死にを厭
のだということだけは、確かである。

プレイヤーは、特定の衣装を着せられる。これもゲームによりさまざまであるが、概してコスプレめいたものであることが多い。ゲームの会場に監視カメラが多数仕掛けられていることと合わせて、〈観客〉がいるものと考えられている。

無事ゲームをクリアすると、プレイヤーは賞金を得る。誰が生き残るのか〈観客〉が賭けをしていて、そこから賞金がまかなわれているものと思われるが、定かではない。

プレイヤーは、ゲームのことを一般人に話してはならない。また、ゲームの運営母体を探ろうとしてもならない。そのふたつさえ守れば、運営は最大限の援助をプレイヤーに与えてくれる。ゲーム中に腕が飛ぼうが腹が裂けようが、クリア後には元通りにしてくれることだろう。

2.キャンドルウッズ（9回目）

（0／43）

「殺人鬼とは戦うな」

いつか、幽鬼はそう教えられた。

「ろくでもない人間ばっかり集まってくるこの業界だ。そういうのと出会う機会も時としてあるだろうが……決してやりあうな。なるべく戦闘を回避する方向で動け」

ありきたりな言葉を使えば、彼女は、〈師匠〉だった。

命の危ないこんな界隈にも、そういう関係はあるのだった。どんなベテランもそうであるように、ゲームのいろはを叩き込まれていた時期というのが、幽鬼にもあったのだ。

「ゲームの経験とか、装備の有利不利なんてものは関係ない。相手が〈殺人鬼〉という時点で、私たちには勝ち目がないのだ」

「……わかりませんね」

幽鬼は抗弁する。

「他人を手にかけた経験ぐらい私にもあります。プレイヤー同士の戦闘があるゲームだって、何度もこなしました。世間一般から見れば私も十分殺人鬼ですよ。なのに勝てないというんですか？」

「勝てないな。変に心得があるからなおのこと始末が悪い。お前のその能力は〈生存術〉

であって〈殺人拳〉にあらず。力の性質が違うのだよ。漫画家とイラストレーター。ボディビルダーとアスリート。格闘家とヤクザの違いだ。このゲームは殺人ではなく生存を目的とする。私たちの全身全霊はそれにのみ特化している。ゆえに、勝負の舞台を移せばまったく通用しなくなるのだ。それを専門にやっている人間には誰も敵わない。ゲームについてはトッププロの私たちでさえ、ついかっとなって殺したアマチュアにすら及ばない。勝ち目はまるでないのだ。絶対に戦うな」

「どうしても戦わないといけなくなったら？」幽鬼は聞く。「それ以外にゲームクリアの方法がない。その場合はどうするんですか？」

「終わりだ」

あまりにもつれない答えだった。

「そんな機会がないことを、祈るしかないな」

（1／43）

知っている布団の上で幽鬼は目を覚ました。

（2／43）


知っている布団だった。

それは、ゲームの開幕を意味しなかった。築三十年、鉄筋コンクリート共益費込みの家賃三万五千円一〇七号室最寄駅まで十五分であるという証明だった。いい夢から覚めたときのような、がっかりする気分とともに幽鬼は体を起こした。

真っ暗だった。

時刻は夜だった。幽鬼は左手を伸ばした。二度三度、手が床に触れたのち、携帯をつかんだ。ボタンを押し、画面に光を与え、時刻を確認した。

〈2：07〉と表示された。

窓を見た。カーテンの付いていないその窓の向こうには、ろくな景色が見えない。街灯のぽつぽつと主張している以外には真っ暗闇だった。午後だったなら時刻表示は〈14：07〉となっているはずなので、午前二時であることを認めざるを得なかった。

前日の記憶を探る。昨日は、そう、確か夕方にうたた寝をしたのだった。遅めの昼食をとって、血糖値スパイクというやつかどうにもぼんやりしてしまって、なにもする気がしなくなったので布団をかぶって目を閉じたのだ。それから約八時間。現時刻と、計算が合っていた。

生活リズムが狂っていた。

まだ重い頭を抱えて幽鬼（ユウキ）は立ち上がった。

電気を点（つ）けた。

恐るべきワンルームがその全貌を現した。

恐ろしい点その一。すでに口の閉じられたごみ袋の数が家具よりも多い。燃えるごみが三つ、プラスチックごみが五つあった。対して家具と呼べるものは寝具一式と、冷蔵庫と、貴重品入れぐらいしかなかった。机すらなかった。フライパンや包丁などむろんなかった。恐ろしい点その二。部屋の隅に、段ボールが山と積まれていた。集めているのではない。自分の住む地域で、段ボールをどのように捨てたらいいか、幽鬼（ユウキ）は知らなかったのだ。恐ろしい点その三。部屋の四面にかびが生えている。どうしたらいいのかわからなかった。自然発生するのだからどうしようもないのではないか。生活能力を身につけたら、かびのほうで忖度（そんたく）して生えてこなくなるとでもいうのか。恐ろしい点その四。ジャージ以外の服が見当たらない。それもそのはず、そもそも持っていないのだ。先のかびのためみな捨ててしまった。ジャージで出歩くのは周りの目が気になって恥ずかしいので、幽鬼（ユウキ）の最近の外出は、もっぱら夜中ということになっている。抜け落ちた髪が床上に散乱している、風呂に入ったかどうか覚えていないなど、まだまだ恐るべき要素は控えていたが、全部数えていたらきりがないのでこの辺りでやめておく。

腹が不満を訴えていた。

なにか食べよう、と思った。冷蔵庫を開けた。なにもなかった。なにも入っていないという意味ではない。入っているものの量だけをいえば立派なものだった。捨てる機会を長きにわたり逃し続けている空の牛乳パック。常温での放置が不安なのでここに入れてある缶詰のごみ。いつから入っているのかわからないキャベツ。貧乏性のため捨てられない調味料の小袋。そろそろ魔力でも宿っているかもしれないスライスチーズなどである。痛ましい光景だった。冷蔵庫の扉を幽鬼(ユウキ)は閉めて心を守った。

寝間着用のジャージから、外出用のジャージに着替えた。

同じジャージなのであるし、ここだけの話、清潔さという点でもこれはあまり変わらないのだが、いつも幽鬼(ユウキ)はそうしていた。習慣だった。風呂に毎日入る習慣すらないくせに、こういうところは守らないと気が済まないのだった。裸足(はだし)に靴を履いて幽鬼(ユウキ)は家を出た。〈防腐処理〉のため靴擦れの心配はなかった。

歩いて五分でコンビニだった。

五分のうちに、どういうわけか空腹が消えた。なんかそういう感じじゃなくなった。とはいえせっかく来たのだし、通りがかりにいい感じのアイスが目に入ったので、それだけ持って幽鬼(ユウキ)はレジに立った。携帯を出し、キャッシュレスで二百二十円を支払った。

そうしたのちアイスを前にしばらく停止した。

「……？」

店員さんを見た。訝しげな視線が返ってきた。「あっ」

「ふくろ、お願いします」

そうだった。いつからか有料化したのだった。言わないとレジ袋は出てこないのだ。声を出すのが三日ぶりだったので明瞭な発音ではなかったが、しかし伝わったようで、追加の三円をまたもキャッシュレスで支払い幽鬼はレジ袋とともにコンビニを出た。

　夜道を歩きつつ、幽鬼は袋からアイスを出した。棒状のものだった。道すがらかじることもやぶさかではないものだった。

　袋を開けたその瞬間、レジ袋が不要だったことに幽鬼は気づいた。それと同時、そろそろ各種のごみ袋がなくなりそうなので買い足す必要があったことを思い出した。振り返った。物理的な距離は数歩しかなかった。が、もうアイスを開けてしまったことだし、あの店員さんと再び対面するのも恥ずかしかったので、今回は見送った。幽鬼はアイスを食べた。おいしかった。帰り道の半分も行かないうちに食べ終わり、棒を外装に突っ込んでその外装をレジ袋にしまった。指に引っ掛け、くるくると回しながら帰っていたのだが、ちょうど橋を通りかかったところで指から外れた。欄干の柵を抜けて、川に落ちた。たちまち回収不可能なところにまで流れていった。不可抗力とはいえ、川にごみを放ってしまったことに対し、幽鬼は罪悪感を覚えた。

ところで、明日が燃えるごみの日であることを思い出していた。部屋に溜まっている燃えるごみ三袋を捨てなければならないのだが、しかしもう面倒だった。レジ袋を川へ流さなければ、あるいは――。そう言い訳を構築しつつ、とぼとぼとアパートに戻った。

部屋には、戻らなかった。

アパートの前に、車が止まっていたからだ。

「夜分遅くに失礼します」

運転席の窓が開いていた。その奥から声があった。

幽鬼担当のエージェントだった。
三、四回目ぐらいのゲームから、専属のエージェントが付くようになっていた。幽鬼の生活が昼夜逆転しているものだから、それに合わせ、こうして夜中に迎えに来てくれるのだ。
「〈キャンドルウッズ〉の招待に参りました。ご準備はお済みですか？」

〈ご準備はお済みですか〉とは変な質問だった。こんなジャージで、コンビニ帰りで、済んでいるわけがないからだ。だがいつものことだった。毎回毎回、着の身着のままで招集に応じるものだから、どうせ今回もそうなんだろという感じに向こうもなってきているのだ。

そして、幽鬼としても、期待を裏切るつもりはなかった。

「はい。今すぐ、連れてってください」

そう答えた。

その顔はほころんでいた。


（3／43）


ゲームスタート。

幽鬼（ユウキ）が目を覚ますと、森の中だった。


（4／43）


森の中だった。

目を開けたのとともに、木漏れ日が差してきた。寝起きに弱い幽鬼（ユウキ）であるが、そんなふうに日光を浴びせられてはいくらなんでも目が冴（さ）えた。体を起こし、周囲を見渡した。そして、すぐ、森の中であるという判断が間違いだったことを知った。

人工の森だった。

人工林ということではない。人工物の森である。そういう趣向の喫茶店みたいな、古代の自然を再現したテーマパークの一エリアみたいな、森林の模造物が幽鬼を囲っていた。

小部屋だった。大きさは幽鬼の住まう六畳一間と同じぐらい。壁は樹木、床は葉っぱの模造物でそれぞれ覆われていたが、天井だけは保護が完全ではなかった。枝葉の隙間から、光が差していた。その青空に作り物の気配はなかった。たぶん、本物の日光だ。

小部屋に、物らしき物はなかった。幽鬼の身ひとつだけだった。床の葉っぱをがさがさと言わせながら立ち上がった。自分の姿をまじまじと見つめ、そして、

「うわ……」

と声をあげた。

幽鬼は、バニースーツを着せられていた。

実物を見たことのある人は少ないかもしれない。カジノとか、ナイトクラブによくいると噂されているやつだ。うさぎの耳がくっついたヘアバンド。袖と襟とリボンのところしかない上着。体のラインを理論上の限界まで出させてくるスーツ。歩きやすさ皆無のヒール。脚は両方とも剥き出しの状態だった。

ある意味、全裸よりも恥ずかしい格好だった。

尻のところについている白いぽんぽんを触りながら、幽鬼は「うあー」と言った。

明らかにハズレの衣装だった。プレイヤーの衣装は、ゲームにより異なる。大なり小なりコスプレであることには違いないのだが、しかし、種類によって着る側の気持ちは全然

違った。今回のは過去いちばんにきつかった。前々々回のスクール水着のほうがまだましだった。いや、真剣な話、こんなん見て〈観客〉の皆さんは嬉しいのかと幽鬼は思った。現実と虚構の違いをこうもまざまざと見せつける衣装もほかにあるまい。自分で自分の全身は見えないので幽鬼のダメージは軽微だが、この部屋のどこかに設置されたカメラには、相当えぐい光景が記録されているはずだ。そこのとこ大丈夫なのか。ゲーム本体がそもそもえぐいので大丈夫か。

幽鬼は部屋を出た。

狭い廊下だった。道幅は幽鬼の肩幅に十センチを足したほどしかなく、また、数メートル間隔で曲がり角が連続する。田舎の遊園地によくある巨大迷路を連想させた。連想というか、もともとは本当にそうだったのかもしれない。この手の巨大迷路というのは、だいたい、バブル景気の忘れ形見だろうというのが幽鬼の偏見だった。それがゲームの舞台に改造されたというのは、なんだろう、ものすごい欲の匂いのする出来事だった。

幽鬼は迷路を進んだ。この手の迷路には、攻略法がある。左手法というやつだ。常に左壁に沿って歩くことで、いずれ必ず出口にたどり着くのだ。学のない幽鬼でもそのぐらいは知っていたが、しかし今回、幽鬼はそれをしなかった。目指すべき方角がすでに見えていたからだ。

見えていたというか、聞こえていた。模造の森のざわめきに混じって、学校の朝礼前みたいな、映画の上演前のような、かなり大勢の人間のざわざわと話す声が、迷路をしばらく行ったころから幽鬼の耳に届いていた。これだけの音量。たぶん、このゲームは――。〈それ〉の目に入るとともに彼女の予想は的中した。

大部屋だった。

数百人のうさぎがいた。

（5／43）

さっきまでの廊下とは打って変わって、広い部屋だった。

これだけの広さとなると、単純に〈部屋〉というのも適当ではないように思える。ホールとか、フロアとかいうべきかもしれない。ともかくもだだっ広い空間で、小学校ひとつ分ぐらいのうさぎたちを収容していた。

本物ではない。コスプレのうさぎである。幽鬼と同じ、はしたない格好の娘さんたちだ。しかし、幽鬼の見た印象では、みんなわりと着こなしていた。立派にうさぎと化していた。似合ってないのは幽鬼だけなのか。それとも、思春期の前髪と同じで、はたから見る分にはそう変でもないのだろうか。どうか後者であってほしいと願いつつ幽鬼は部屋に入った。うさぎのいくらかが、幽鬼に視線を投げた。ゲーム開始時、眠りが深いせいで集合に遅れ、たくさんのプレイヤーから視線をもらうのは幽鬼のいつものことだった。いくらかでよかったと幽鬼は思った。全員から睨まれたら、さすがに気まずくなってしまう。視線を無視しつつ幽鬼はある一人のうさぎに狙いを定めた。

部屋の奥で、もちろん模造物である切り株の上に腰を下ろしていた。「おはようございます、師匠」と幽鬼はそのプレイヤーに声をかけた。

「全然似合ってませんね」

白いうさぎだった。

まず、髪が白い。綿菓子みたいなウェーブのかかった白髪だ。続きまして肌が白い。白いというか、血色がない感じだ。細身であり、ただでさえ細いのをバニースーツがより強調していたが、しかしそれは虚弱ではなく、無駄を削ぎ落とした結果の細身なのだと幽鬼は知っていた。

白士、という。

幽鬼の師匠、このゲームの最古参だ。

「お前こそ」

低い声で白士は言った。音量だけをいえば小さい、しかしよく通る声だった。「三ヶ月ぶりか」

「どうだ。妙な怪我こさえてないだろうな」

「ええ、まあ。うまいことやってます」

「今回でいくつになる？」

「六か七か八ですね。十はいってないはずです」

年齢ではない。ゲームのプレイ回数だった。「いいかげん覚えたらどうだ」と師匠は目を細める。

「何回も言ってるだろう。参加したゲームの記録は取れと」

「いいじゃないですか。うまくいってるんだから」

「それではロングスパンで通用しない。三十には届かないぞ」

「師匠こそ、今どうなってるんです？」幽鬼は強引に話題を変えた。「三ヶ月っていうと、三回か四回ですか。ひょっとしてもう、九十九回を達成しちゃった？」

「いいや」長い足を白士は組んだ。「まだ九十六回だ。ゲームに出るのは、あれだ、前のプールのとき以来だよ」

「……ずいぶん、のんびりしてますね」

幽鬼は首をかしげた。〈プールのとき〉とは、幽鬼が三ヶ月前に出場したゲームのことだ。すなわち、三ヶ月もの間、白士は休んでいたことになる。

「慎重にやりたくてね」と白士は答える。

「あと四回なんだ。準備不足で死んだら、それこそ死んでも死にきれない」

異議がないといえば嘘になった。

体調を整えるより、リズムのほうが大事だと幽鬼は考えていたからだ。人命の賭かったこのゲームに対するセンスは、非日常の中でしか磨かれない。間を空けすぎないことがなによりも大切なのだ。長いブランクから復帰して、その最初のゲームで死んだプレイヤーの話は数知れない。白士だってそのぐらいは承知しているはずだった。

が、「そうですか」とだけ幽鬼は言った。師の判断に、口を挟む気はなかった。

「それで。準備の甲斐はありそうですか」

「さあ。終わるまではわからないよ」

白士は遠くに視線を投げた。そこには、おそらく、たぬきを模しているのだろうマスコットが転がっていた。すでに破壊されており、開かれたお腹から、電子部品がのぞいている。

「あれは？」

「解説役だ。みんなでぼこぼこにして破壊した」

あるときもあれば、ないときもある。

幽鬼が出くわすのは、これで確か三回目になるはずだ。ゲームのルールが複雑な場合、直観的に示すのが困難な場合など、解説役が冒頭に出現することはままある。一体誰がそう決めたのか、解説役は人でもなく、ただの音声や文面でもなく、ああいうゆるいマスコットが担うというのが常だった。

「勇気ありますね。ああいうのに手え出したら、普通見せしめだと思うんですけど」

「相手が亀とか狼とかならやらなかっただろうがな。たぬきだったから壊した。なにかアイテムを隠してるかもしれないから」

「……？　たぬきなら壊していいんですか？」

「かちかち山で殺してるだろう。うさぎはたぬきに勝る」

「かちかち山ってそんな話なんです？」

「取り立てていいものは見つからなかった」

ばかには付き合ってられんという反応だった。「……どんなゲームなんです？」と聞く。

「早い話が鬼ごっこだな。われわれ〈うさぎ〉は一週間生存すればゲームクリアだ。〈切り株〉――つまり〈鬼〉は、同期間内に五人以上のうさぎを殺害すればクリアだ。たぬきの説明にはなかったが、まあ、なにかしらの装備が〈切り株〉には与えられているのだろう」

「切り株って生物じゃないじゃないですか」

「でもうさぎを殺してるよ。もしかしてそっちも知らないか？」

「知ってます」

無学なので知らなかった。でも強がった。

「まだ始まってないですよね。開始はいつです？」

「明言はなかったが、たぶん六時間後」

「たぶんというのは」

「あっちに時計がある。爆弾にくっついてるみたいな赤いデジタル時計だ」

白士（ハクシ）の親指が向いた先を幽鬼（ユウキ）は目で追った。うさぎの波に埋もれて見えなかった。

「見ての通り、あと六時間でゼロになる」

「人が多くて見えません」

「自分の足で見てくるんだな」

「無茶苦茶（むちゃくちゃ）人いますけど、何人になるんです、これ？」

「〈うさぎ〉が三百人、〈切り株〉が三十人。私の経験でも最大規模のゲームだ」

もちろん、幽鬼（ユウキ）にとっても最大級だった。三百人はおろか、三桁のゲームさえ、ほとんど経験はない。

「こんな人数、よく集まりましたね。大半は初心者なんでしょうけど……」

「いや。そういうことでもないよ。新顔はほら、そこの一団だけだ」

白士（ハクシ）は顎で〈そこ〉を示した。部屋の一角に、三十人ほどの塊があった。初心者の会だった。

「ほかはだいたい知ってる顔だ。あまり意識してなかったが、このゲームの〈常連〉は二百人以上もいるらしい。少々驚いている」

「なんですな、たかが数百万の賞金で、命まで賭けるばかものがこんなにもいるんですね」

「お前が言えた口か」

闇金融から借金してしまったとか。

身代金を要求されたとか、孤児院の子供たちを養うためだとか、こんなゲームに出場する人間というのは、さぞ、切実で緊急で誰もが納得できる事情を抱えているのだろうと門外漢には思われるかもしれないが、実態は違う。〈一回きり〉なら、そういうこともある。しかし、生業（なりわい）とするにはどう考えても割に合わないこんなゲームの〈常連〉となると、これはもう、どこか頭が変であると考えるしかないのだった。いちばんよく聞くのは、生きるか死ぬかのスリルを味わいたいというものだ。自殺することを心に決め、死ぬ前にせっかくだからという記念参加者もそこそこいる。合法的に人を殺せるから最高という殺人鬼もときどきいる。そんな理由にしろはっきりと挙げられればまだいいほうで、信じがたいことに、ただなんとなく居着いているだけというプレイヤーも大勢いた。

幽鬼（ユウキ）も、その一人だった。

理由がないわけではないのだ。社会能力がないので普通の職には就けそうにないし、このゲームにそこそこ適性があるものと自負しているし、白士（ハクシ）をはじめとする人間関係も多少はあり、居心地がいい。ゲーム自体に面白みを感じているというのもある。だが、どれも、根拠としては弱い。全部集めたとしても弱い。やはり頭が変なのであると考えざるを得なかった。自分の心が、案外いちばんわからない。我が家の冷蔵庫よりも混沌としていた。

　強いて言葉を当てるとするなら、それは、自暴自棄だった。

　生きようとする気持ちに、欠けている。

　睡眠薬を一気飲みするような気持ちで、ゲームをしている。

「師匠がいちばんわかりませんけどね」幽鬼は言う。「九十九回、ですか。行ったからってトロフィーも賞金ももらえないんでしょう？」

「ああ。ただの新記録だ。さらにいえば新記録という保証すらない。私の聞く限り、九十八連勝が最大だったというだけだ」

「よくそんなもんにすがれますね」

「目標が欲しいのさ」白士は立ち上がった。「そのうちわかるよ、お前にも」

　幽鬼は、黙った。

　九十九の連勝記録。

　それが、師の求めるものらしかった。共感の難しい常連組の動機のうちでも、いっとう抜きん出て意味不明なものだった。難易度がまずおかしい。生還率七割のゲームを、九十九回。ちゃんと計算したことはないが、たぶん、天文学的といって差し支えない数字のはずだ。危険度もむろんおかしい。記録の途絶えはすなわち死を意味する。命を賭けるほどのモチベーションがどこから発生しているのやら。さらに、さっき会話した通り、記録の信憑性も怪しいのだ。九十九回ではまだ足りないのかもしれないし、逆に、九十五回の時点ですでに前人未到かもしれない。その可能性は多分にあると幽鬼は踏んでおり、だとすれば我が師匠は服を着て歩いている間抜けだ。

だが、目標は目標なのだ。

それがあるだけでも、幽鬼より立派だ。白士をあざけり笑う気持ちは彼女には毛頭なく、反対に、劣等感すら抱いていた。目標を定めて邁進するその姿に共感できない。それが、とても恥ずかしいことのように幽鬼には思われた。

どんなばからしい目標であっても。

なんとなく生きてる私より、ましだ。

（6／43）

そして。

うさぎたちの統率は、白士が取ることになった。二百人強にものぼる常連の中でも、彼女ほどに経験豊富なプレイヤーはいなかったからだ。

うさぎたちは作戦会議をした。ゲームのルールは鬼ごっこ。しかし——一週間というゲームの期間から考えて、〈切り株〉から逃げ切ることは現実的でないだろうと思われた。三十人の〈切り株〉が全員、勝利条件の五人を殺害したとすれば、死亡するうさぎは三百人中百五十人。単純に考えて、生存確率は半分しかないという計算になる。

なので、自然、こちらからも攻撃をすべきだという案があがった。〈切り株〉陣営に与えられているものと思われる武器を奪い、逆に〈切り株〉を殺すのである。殺せば殺すほど、うさぎ陣営の生き残り枠は拡張され、生存確率は増す。すべての〈切り株〉を殺せば、うさぎの犠牲ゼロでゲームを終えることも理論上は可能である。それはこのゲームのハイスコアであり、うさぎ陣営にとって理想の勝利形だった。

　この作戦の問題は、武器を持つ〈切り株〉に、誰かが挑まなければならないというところにあった。誰がそんな役回りを引き受けるのか——と幽鬼は思ったのだが、実際には白士をはじめ、常連組の大半がそれを願い出た。もし武器を奪うことに成功すれば、そのうさぎの生存確率は跳ね上がるからだ。〈切り株〉にしてみれば、いくらでもいる丸腰のうさぎを差し置いて、わざわざ武装したうさぎを狙う理由はない。危険に飛び込むことで、逆に生存確率を上げる。いかにもゲームの常連らしい、物騒な戦略である。

　その物騒な戦略を幽鬼は選ばなかった。ベテランのみなさまにお任せすればいい、と思ったからだ。〈切り株〉とは戦わない選択をした慎重派のプレイヤー、および初心者組と同様、大部屋に残ることにした。白士率いる積極派のうさぎたちが、迷路を進む陣形について話し合っているのを眺めつつ、幽鬼(ユウキ)は、ゲームそのものとはあまり関係のないことをぼうっと考えた。

コスチュームのことだった。

うさぎ陣営がバニースーツというのはわかる。

しかし、〈切り株〉って、一体どんな格好してるんだ?

(7/43)

ゲームスタート。

森の中で萌黄(モエギ)は目覚めた。

(8/43)

萌黄(モエギ)にとって、このゲームでいちばん苦手な瞬間は開幕直後だった。

なぜって、頭ががんがんするのだ。昼寝をしすぎたあとのような、夜更かしした次の朝みたいな、睡眠の不備を責め立ててくるかのような頭痛だった。プレイヤーを眠らせるため使用されている薬品にその原因を求めることができた。萌黄(モエギ)との相性が特別悪いのか。

それとも、みんな同じぐらいがんがんしているけれど我慢しているのか。ほかの娘に聞こう聞こうと毎回決心するのだが、いつも、ゲームが始まるとたちまち余裕がなくなって聞きそびれてしまう。どうせ今回も忘れる。なかば諦めつつ萌黄は両目を開いた。

ゲームスタート。森の中で萌黄は目覚めた。

すぐ、本物の森ではないと気づいた。背中に、人工物でしかありえない平たい感触があったからだ。起き上がるとともに、葉っぱの模造品が宙を舞った。セロハンに似た手触りだった。

自然のまねっこした部屋だった。

教室ぐらいある部屋だった。

教室を連想したのは、萌黄のほかにも数十人の人間がいたからだった。全員、萌黄と同じ、十代の娘さんたちであり、さらにいえば全員が中学生あるいは高校生だった。根拠はないが、わかった。この国における高校生以下と大学生と社会人の間には、かなりはっきりとした雰囲気の違いがあるものだからだ。

萌黄以外は、すでに全員起きていた。最後に起きてきたねぼすけに、全員の視線が向かった。萌黄は気まずい思いをしながら挨拶した。「……どうも」

「萌黄です。よろしく」

いくつかの頭が応答してくれた。

「えっと……私で最後ですかね。ルールの説明ってもうありました？」

雑談がてら、会話のための質問だった。

しかし、予想に反し、娘さんたちの反応はかんばしくなかった。

「あの、みんな」

萌黄は呼びかける。だが、やはり、反応が薄い。

おかしいな。そう思って一同を見渡した。およそ三十人ほど――たぶん萌黄を合わせて三十人ぴったり。新学期を迎えたクラスのような探り探りの雰囲気だった。三十人のうち誰も、こういった状況に慣れていないということだった。

萌黄はひとつの仮説を抱いた。抱いたら、口にしないではいられなかった。「……まさか」

「まさか、全員、初めてなの？」

反応はなかった。萌黄は言い直した。「……その……」

「全員。なんで自分がここにいるのかわからない、とか」

娘さんらは、視線を左右にやった。

お互いにお互いの反応をうかがっているのだ。それが済むと、こくこく、と、ばらばらのタイミングでみんなが首を縦に振った。遠慮がちな動きだったが、しかしどれだけタイミングが散乱していたところで意味は同じだった。肯定だった。

全員が未経験。

全員が初心者。

萌黄（モエギ）をのぞき、まったくの素人。

「……っ」萌黄（モエギ）は頭を抱えた。「まずいな……」

「あの」

誰かが手をあげた。「なに？」と萌黄（モエギ）は言った。

「〈初めて〉というからには、その、萌黄（モエギ）さんは経験者なんですよね。これがなにか知ってるんですか？」

「……知ってる」

萌黄（モエギ）は横目にその娘を見た。

「でもさ。私に言われるまでもなく、みんなもうわかってんじゃないかな。思春期の妄想をたくましくしてみればいい。それの告げるものが答えだ。ここにいる全員、一回ぐらいは見聞きしたことあるよね」

その娘は黙った。「映画のプロモーションでもドッキリでもないよ」と萌黄（モエギ）は追い討ちをかけた。

改めて部屋を見渡す。

森林を模していること以外にも、変わったところがふたつ、あった。

ひとつは、外部に接続する扉。そこだけ無骨な鋼鉄製で、ここは通しませんといったかたくなな雰囲気で、実際、施錠されていた。扉の横には小さな液晶があって、赤く数字が光っていて、一秒ごとに、その数を減らしていた。〈06：12：56〉というのが見た瞬間の表示であり、六時間後になにかが起きるということを暗示していた。

ふたつは、部屋の隅っこに置かれたマスコット。ほかとは趣の違う、作りものであることを隠そうともしていない一メートルほどの木に、老人の顔が彫ってあった。人面樹だ。

たぶん、これが〈解説役〉なのだろうと萌黄は当たりをつけた。その木の上のところを、頭をなでるような手つきでそっと触ってみた。

笑い声があった。

電子音が再生された。

（9／43）

その木の話は、少々要約させていただく。

というのも、ゲームの解説役というのは、いつもいつも話が長いからだ。プレイヤーを挑発する言葉、回りくどい表現、神経に響く笑い声、その他不快なあれやこれや、そのままでは聞くに堪えないというのが萌黄の見解だった。脳内にフィルタを作って八割ぐらいを聞き流して、残ったものを並べれば、次のようになる。

　このゲームは〈鬼ごっこ〉である。あなたがたは〈鬼〉である。そこの扉のカウントがゼロになったら本格的にゲーム開始、扉の向こうにいる三百人の〈うさぎ〉を殺しに行く。ゲームの期間は一週間。一人につき五人のうさぎを殺害しなければならない。条件を満たせなかった鬼——解説役は〈切り株〉と呼んでいた——は、体内に仕掛けられたからくりによって死亡する。

　さらに細かいルール。クリア条件は、〈切り株〉の一人一人について判定する。すなわち、これはチーム戦ではない。協力するのは勝手だがあくまで個人戦である。クリアに関わるのはうさぎの殺害数のみであり、〈切り株〉同士、うさぎ同士の殺人でいいことは起こらない。複数で協力して一人のうさぎを仕留めた場合は、ラストヒットをきめた〈切り株〉にのみカウントが入る。自分が何人殺しているかは、解説役に触れることで教えてもらえるようだ。また、ゲームの終了条件は一週間の経過のみであり、クリア条件を満たした〈切り株〉も、それまではここで待機しなければならない。うさぎ陣営の逆恨みに気をつけろと助言を受けた。

　話が終わると、壁の一面が回転した。

　三種類の武器が向こう側の壁にかかっていた。

　一つ。アサガオを模したなにかだった。ラッパ状の銃口に、バレルとトリガーとグリップと撃鉄がついていた。女の子の手によくフィットするミニサイズだった。そういえばアサガオの種は幻覚成分を含むのだったか。であれば、この花から発射されるなにかも、きっと人間を前後不覚に陥れるのだろう。萌黄(モエギ)が手に取ってみたところその握り感に覚えあり、過去のゲームで使用されたものの流用に違いなかった。彼女の記憶では、八発装填(そうてん)。マガジンの交換はできず、一回打ち尽くしたらそれっきりな設計だった。

二つ。笹(ささ)の葉のようななにかだった。歴史上の偉人の誰かが笹の葉を武器に戦ったとかいう話、あれはどうやら創作らしいが、しかしながらこいつは立派に切れるブツだった。葉渡りはおそらく十五センチ以上、重量は本物の笹の葉のごとく軽かった。振ってみるといい風切り音がして、実戦で威力を試してみたいという不謹慎な心もちょっとは湧いた。

三つ。マツボックリに似たなにかだった。大きさは手で覆えるぐらいなのだが、先の二つに比べずっしりとした重みを主張していた。全体が茶色く塗られていて、マツボックリらしさを損なわないためだろうか、先端部のピンが透明な素材でできていた。マツボックリなのだからさぞかしよく燃えるのだろうが、しかし、遮蔽物のないこの部屋でそれを試す気にはならなかった。

森の仲間たちだった。

容赦の一切ない、本物の脅威だった。

それぞれ、十個ずつ用意されていた。合わせて三十個、一人につきひとつという勘定だろう。

萌黄は、十個の〈笹の葉〉を全部むしり取り、〈切り株〉の娘さんたちにひょいひょいと投げつけた。ある娘はうまくキャッチし、ある娘は床に刺さったのを拾った。いずれにせよ、それを本物と認めない者はなかったようで、「ひっ」「ひい」と短い悲鳴が次々にあがる。

「ほかのふたつも確かめてみる？」

アサガオとマッボックリを萌黄は指した。

返事はなかった。試すまでもないという意味だと萌黄は解釈した。「さっき説明されたことは、全部本当だ」と言葉を続ける。

「あと六時間したら、そこの扉が開放され、ゲームが始まる。私たちは一週間以内に、五人の人間を殺害しないといけない」

反応はなかった。萌黄は構わず続ける。

「うさぎは全部で三百人。私たちは三十人だから、全員のクリア条件を満たしたとしても百五十人。うまくやれば全員が生還できる。力を合わせてがんばろう」

——がんばります。

とは、誰も言ってくれなかった。初対面の人間がたくさん集まったとき特有の、気まずい沈黙だけがあった。

〈切り株〉の一人が手をあげた。「どうしたの」と萌黄(モエギ)は聞く。

「……ドッキリじゃないんですか?」たどたどしい口調だった。「仕掛け人さんじゃないんですか? その、だって、怪しいじゃないですか。一人だけ事情通だなんて……」

「…………」

だめだ。

そう悟った。

現状を取り巻くいろんなことへの感想だった。ゲームの実在をこの娘たちに納得させるというのがまず無理である。三十人中、二十九人までが初参加という状況。確かに、逆の立場だったなら、萌黄(モエギ)だって信用しないだろう。一人きりでの説得は不可能に近かった。

また、説得を終えたとして、それでもまだスタートラインに立っただけなのだ。〈うさぎ〉と〈切り株〉による対戦型のゲーム。初心者揃(ぞろ)いで切り抜けられるとはどうにも思えない。こちらが〈狩る側〉というのが特に最悪だった。ただ逃げればいいうさぎとは違い、能動的にアクションを起こさないと生還できないからだ。

見捨てて一人でプレイするか——。

そんな考えも頭に浮かぶ。だが、そういうわけにもいかない。このゲームを単独でプレイするのは危険、もっといえば無謀でさえあると萌黄(モエギ)は考えていた。

解説役の説明だと、あたかもこちらが一方的にうさぎを〈狩る〉かのような口ぶりだったが、そうではない。このゲームの本質は〈殺し合い〉だと萌黄は理解していた。うさぎ連中だって、殺されるとなれば抵抗をするだろうし、その結果武器を奪い、反撃してくるということもあるだろう。そうなった場合に〈切り株〉を保護するルールは解説役の話には出てこなかった。殺されれば死ぬのは〈切り株〉だって同じなのだ。それに――反撃どころか、積極的な攻撃を仕掛けてくるうさぎも多数いるはずだ。〈切り株〉の数が減れば、その分だけ生き残れるうさぎの数も増えるからだ。このゲームのプレイヤーたちは、そういう物騒な考え方を好む。これまでに参加した二回のゲームで、萌黄が学んだことである。うさぎ陣営とかちあって、一人で戦い抜けるほど萌黄の実力は高くない。こうして偉そうに場を取り仕切ってはいるが、じつのところゲームはまだ三回目。尊敬すべき〈メンター〉から、ゲームのハウツーを手取り足取り教えてもらっている状況だ。武装というアドバンテージがあるとはいえ、三百人という数を活かして攻めてくるに違いないうさぎたち相手に、一人で立ち回るのは無謀が過ぎる。こちらも集団の力を利用したいところだ。

だが、ただの烏合の衆を連れて行ってもしょうがない。これが命懸けのゲームであることを理解していて、稚拙なれど武器を扱うことができて、人の命を奪える。そのぐらいでなければ意味がない。これから六時間のうちに、萌黄は、〈切り株〉の娘たちをその域にまで導かなければならなかった。

どんな手段を使ってでも。

幸い、考えはあった。萌黄(モエギ)自身も、短時間でゲームに慣らされた口だったからだ。メンターから受けた人の殺し方に関する〈指導〉、それをそのまま転用できそうだった。だから問題は、萌黄(モエギ)の覚悟のほうにあった。〈あれ〉を。あれを本当にここでやるのか。気づけば心臓がやかましかった。萌黄(モエギ)は娘さんたちからは見えない角度で胸に手を当て、うわべだけではあったが、調子を整えた。

そして、アサガオのひとつを手に取った。

「時間がないんだ」

そして、烏合(うごう)の衆に向き直る。

「説得はもうしない。見て聞いて、感じろ」

そして、適当な娘に、アサガオの銃口を向けた。

三発撃った。

(10/43)

案の定、種が発射された。適当な娘の左脚と右脚と胴体を貫いた。〈防腐処理〉は今日も元気、銃創の全部から白いもこもことしたものがあふれてきた。それによりすぐ、出血は止まったものの、両脚を撃たれて直立できる人間のあるわけもなく、適当な娘はその場に膝をついた。床の葉っぱが衝撃をブロックした。

　それから遅れて、赤ん坊のようにわめき出した。

　そんなに大きな声ではなかった。実際の銃声は映画よりも小さいなんて話があるが、その類型だ。現実の叫び声なんてこのぐらいのものだ。萌黄はやすやすとその声に割りこむことができた。「殺せ」

「練習だ。全員でその娘を殺せ」

〈切り株〉たちの顔色がひとつに統一された。

　また別の適当な娘に萌黄は銃口を向けた。「あなた、名前は？」

「え、あ、樺子です」

「そう。樺子さん、撃たれたくなかったらその娘を刺せ」

　右手に笹の葉を持っていた。萌黄はそれに、目を向ける。「それでやるんだ」

「ノルマは一人二回。必ず、刃の真ん中以上まで刺すこと。場所は、まあ、なるべく致命傷に至るところが望ましい」

「え……あの……」

「刺せるようにならないと困るんだよ」

　萌黄は苛立ちつつ、言った。

「いいか。これはうさぎを狩るゲームじゃない、うさぎと殺し合うゲームだ。〈切り株〉

が死ねば生き残りの枠が拡張されるんだから、向こうだって私たちの命を狙ってくるはずだ。そんなぐずぐずした態度じゃ、うさぎに武器を奪われて、逆に殺される。個人にとってだけじゃなくチームにとっても損害だ。ためらいなく刃物を振れるようになっておかないとだめだ」

そのように説明を加えてやったのだが、依然として樺子はぐずぐずしていた。

もう一人やっておくか。

そう思って、萌黄はがんがんとした。三発とも胴体を射抜いた。糸の切れたように樺子は倒れた。何人かの娘さんが同時に息を呑んだのだろう、風の抜けるような音がした。

「見せしめだ」

萌黄は言った。

「五、六人ぐらいなら、減らしてもいいと考えてる」

三種の武器がかかっている壁に萌黄はもたれた。

「三十人の素人より、二十五人の一夜漬けのほうがましだからね。みんなには少しでも早く、人殺しに慣れてもらわないといけない。そのためなら多少の犠牲もやむをえないと考える」

森羅万象、初めてがいちばんきつい。

なぜならそれは、新しい自分に変化する行為だからだ。しない人間からする人間に変身する行為だからだ。ただ単に事を成すという以上のものが、一回目には乗っかっている。アプリゲームにスタートダッシュガチャの概念が存在するのも、各種キャッシュレス決済が非常識なレベルで割引をしてくれるのも、出前アプリに数千円分のクーポンがついているのもそのためだ。最初の一回さえ越せばあとは楽だと知っているからだ。そして、殺人行為も、その法則の外ではない。一人やっちまえば急激に改善するのだ。だから、萌黄(モエギ)のすべきことは、雰囲気作りだった。ハードルを越すためのなりふり構わない土台作りだ。

　獲物を事前に弱らせておいて。

　アサガオを突きつけて脅し。

　そして、その上で、口車にのせる。

「名前は？」

三度(みたび)、アサガオを萌黄(モエギ)は娘さんに向けた。今度は、比較的冷静そうな娘を選んだ。一秒ほど空けて、「……緋川(ヒカワ)です」という返事がある。

「二人のうち、どっちでもいい。刺せ」

　さすがに即断即決はしてくれなかった。「どっちがいい？」と萌黄(モエギ)は言葉を継ぎ足す。

「そこの赤ん坊みたく床に転がって泣くか？　それとも、生き残るために武器を取るか？」

　誤った二分法というやつだった。

極端な二択を示すことで、そのほかの選択肢を考えられないようにする話術だ。詭弁(きべん)だった。でも、言ってみた。使えるものはなんでも使うと決めていたからだ。「三秒待つ」

「一、二――」

三はなかった。

緋川は、笹の葉を逆手に持ち替えて、樺子の太ももを刺した。

悲鳴のボルテージがあがった。それが終わるのを待って、「よし」と萌黄は言った。

「では、もう一回」

今度は一秒も数えなくてよかった。一撃目の十センチ横に、もうひとつ刺し傷ができた。

さっきより小さめの悲鳴があがった。一回目がいちばん辛いという理論を補強する現象だった。

「よし。じゃあ、好きな娘に笹の葉を渡して。次はその娘にやってもらう」

緋川はそのようにした。萌黄はアサガオを構えた。「三秒待つ」

(11/43)

指導は、順調に進んだ。

風向きが変われば、あとは簡単なものだった。生じた問題といえば、「三秒待つ」を繰り返しすぎてアクセントが変になってしまったことと、それだけ数をこなしたのにもかかわらず、刺されたのが榧子ばかりだったということだ。もう片方——萌黄の最初に撃ったほうが、一撃ももらわないうちにとうとう榧子は死んでしまった。全員が全員、前にならえを繰り返した結果だった。死体を刺したのでは殺人とはいえないので、「生きてるほうを刺せ」と指示したのだが、そうなるとまた娘さんたちはもじもじとした。標的の変更を強制するのに、さらに一人殺さないといけなかった。

先の二人と合わせて、三人。

それだけの犠牲で、〈切り株〉の指導は済んだ。

少ないといえば少ない数字だ。もとより五、六人は減らしてもいいという腹づもりだった。もっと殺すというケースも想定はしていた。二十人、十人、いっそ三人や二人になっても、連中が覚悟を決めるまでは減らし続けるつもりでいた。三人という犠牲の数はであるからして幸運であり、萌黄の心にも、それに対する喜びは少量ながらあった。

とはいえ、三人なのだ。

二十六人を生かしたというふうには見れなかった。三人殺した。それが萌黄の認識だった。致命傷を与えたのは〈切り株〉の娘さんたちではあったが、でも、これは、萌黄の主犯だろう。どこの法廷に持っていってもそう判決してくれるはずだ。三人殺した。それも、ゲームに沿ったところではない、ただチームをまとめるだけの目的で。胸が痛むなんていう安い言葉じゃ済まされなかった。萌黄は、人の痛みがわからないタイプではない。小市民だ。お釣りを多くもらいすぎただけで罪悪感があるぐらい小市民なのだ。メンターのように息をするかのごとくとはいかなかった。頭が重かった。今のうちに穴を開けて軽くしてやろうかとさえ思った。

しかし、とりあえず、今回はうまくやった。

その点については、評価を与えてやろうと思う。なりふり構わない強者――我がメンターなら、同じようにしたはずだ。そういうふうに振る舞えた、先の数十分間を萌黄は評価する。それが目標だったからだ。ゆくゆくは、四六時中そのように振る舞うことが、命をなげうってでも叶えたい彼女の悲願であったからだ。

ためらいのない強者に。

なりふり構わない強い人間に。

それになるまでは、死んでも蘇ってやる。

（12／43）

〈切り株〉の正体はジャンパースカートだった。

（13／43）

ゲームが始まった。

部屋のタイマーがカウントをゼロにしたのと同時、刑務所の門を開けるかのような、大袈裟と言ってもいいぐらいの開錠音がした。うさぎたちは事前の打ち合わせ通り、六人一組の陣形で巨大迷路に繰り出した。

ゲームの開始前に迷路の探索は済ませていたうさぎたちだったが、その調査結果と食い違う部分が、いくつか見られた。あったはずの壁が、いくつかなくなっていたのだ。壁にカモフラージュされた〈扉〉があったようであり、さっきの音はそれが開いたためのものだということ、ゲームが本格的に始まったのだということを、うさぎたちは悟った。

扉の先にあったのは、やはり巨大迷路だった。二人がすれ違うのにも苦労するぐらい道幅は狭く、曲がり角も多くあるため、視界は狭い。どのぐらいの広さがあるのか正確にはわからなかったが、事前の調査では、扉が開く前の迷路はサッカーコートの半分ぐらいの大きさであることがわかっていたので、解放されたエリアと合わせて、ちょうどコートひとつ分になるのではないかとの推測が立った。迷路としては十分すぎるぐらいに広いが、一週間をしのぐのに不十分なのは否めず、積極的に〈切り株〉を排除するという方針がより正当化された。

また、解放されたエリアの中には、食べ物、水、お風呂にトイレなど、各種生活設備を取り揃えた部屋も見られた。一週間を生き延びるのには十分な設備だった。本物のうさぎのごとく自分の糞を食うことはしなくてもいいようで、うさぎたちはひそかに胸を撫で下ろしつつ、迷路を進み、〈切り株〉の姿を探した。

〈切り株〉の正体はジャンパースカートだった。

〈切り株〉というぐらいなのだから、お遊戯会の木の役みたいな感じかと幽鬼は睨んでいたのだが、大外れだった。ジャンパースカートだった。黒いブラウスに、茶色い本体、胸のリボンは緑色という装いで、事前に〈切り株〉という単語を与えられていたならば、まあ、そう見えなくもないかなという出立ちだった。学校制服に見られる、ベルトでもって上半身と下半身を区切っているタイプであり、装着者の年齢も中学生ぐらいだったので、コスプレという感じはあまりなかった。うさぎの身の上からすればうらやましい限りだった。

〈切り株〉とうさぎが出会った。

それすなわち、真のゲームの開始を意味する。二人のうさぎが死んだ。それと引き換えに、一人の〈切り株〉を捕らえることに成功した。

〈14／43〉

「は、あはは、はあっ……はあ、はあっ」

　笑い声だった。

　ただし、途切れ途切れだった。ずっとこんなふうだった。十分量の酸素がないというのもあっただろうし、敵地で笑い転げることへの、心理的抵抗もあっただろう。

「はは、あ、はあっ、あっ」

　尋問されていた。

　敵を捕らえたら、することはそれしかなかった。一人の〈切り株〉を、三十人ほどのうさぎが取り囲んでいた。全員、白士言うところの〈新顔〉、初心者組だった。前線には出られないので、裏方の仕事を任せられている。

　広い部屋だった。ゲームの冒頭、三百人のうさぎたちが集合した例の部屋である。現在は、同陣営のベースキャンプとして使用されていた。今いるのは、捕らえられた〈切り株〉が一名と、それを取り囲んでいる初心者組のうさぎが三十名ほど、〈切り株〉とは争わない方針を選んだ慎重派のうさぎが四十名ほど、迷路から戻ってきて一時休息をとっているうさぎが十名ほどで、しめて八十名強だった。

　その中に、幽鬼もいた。

　初心者組による尋問を、遠巻きに見ていた。監視役だった。彼女らの〈尋問〉を、行き過ぎたものにしないためのお目付役である。幽鬼の経験上、初心者のする尋問が徐々に暴力へ寄っていくケースはままあった。あの笑いに、少しでも形跡が認められればすぐ止めに入る所存だったが、今のところ、彼女らの尋問はかわいらしさを帯びたままだった。問題なかった。

「幼稚園の頃、男子によくやってましたね」

そんなことを幽鬼(ユウキ)は言う。

「今となっては、なにが楽しくてやってたのか思い出せませんけど」

「子供の遊びだわな」

横から声がした。幽鬼(ユウキ)はそちらを向く。

墨家(スミヤカ)というプレイヤーだった。

このゲームの常連、かつ幽鬼(ユウキ)の知り合いだった。かつてはやんちゃしてましたというオーラついた容貌と、酒とタバコでかすれるだけかすれた声を併せ持つ。じつにわかりやすい〈悪い人〉。プレイ回数は、確か前回会ったときには二十三回目だったはずであり、幽鬼(ユウキ)から見れば大先輩に当たる。幽鬼(ユウキ)と同じく、慎重派のうさぎとして、この大部屋に残っていた。

「もっと手早い方法がいくらでもあるだろうに。ご苦労なこった」

「暴力はやるなって命令ですからね」幽鬼(ユウキ)は答える。

幽鬼(ユウキ)も墨家(スミヤカ)も、腕ききだ。効果的な尋問のやり方はいくらか知っている。より手早く、より痛みをともなう方法。しかしそれはやるなとうさぎ陣営のリーダー、すなわち白士(ハクシ)から厳命を受けていた。どうも、多人数のゲームでは、いい手ではないらしかった。やっているうちに倫理が溶け、ゆくゆくは集団を崩壊させてしまうのだそうだ。

「それに、あれだってけっこうばかにならないですよ。だって墨家(スミヤカ)さん、あんな人数でくすぐられたことないでしょう？」

「そりゃねえけどさ……」

と言って、墨家(スミヤカ)は、横目に幽鬼(ユウキ)を見た。

次の瞬間、幽鬼(ユウキ)の視界から彼女は消えた。自然な動作だった。あまりにも自然だったので反応できなかった。

さらに次の瞬間、両方の脇腹をさわられた。

「わっ」飛び上がった。まさしくうさぎのように。「ちょっと、墨家(スミヤカ)さん」

「はは、なるほどばかになんねえな」

一発で終わりではなかった。墨家(スミヤカ)は、脇腹から手を離すどころか、五本の指でつかまえてやわやわと揉(も)み始めた。「間違いはねえか」とそのまま会話を続けた。

「なんたって九十五回様の意見だ。聞いといて変なことにはならんだろ」

身をよじりつつも、「すごいですよね……」と幽鬼(ユウキ)はなんとか答えた。そんな状態の言葉ではあったが、十分量の畏敬がのっていた。

九十六回目のゲーム。すなわち、九十五連勝。

幽鬼の出会った限り、ぶっちぎりで一位の無敗記録だった。ゲームの生還率は平均して七割。それが九十五回となると——幽鬼には少々難しい計算だったが、その記録の偉大さはなんとなくわかった。まさしく超人だ。六、七回とか二十三回とかいう記録がそれに比べたらまるで雑魚のように思えてしまうが、しかし、幽鬼や墨家だって、十分、上級者の範疇ではあるのだ。特に墨家なんて五指に入るトッププレイヤーなのだ。その彼女たちからしても白士は別格である。一流の人間から見た天上人。それが、彼女の地位だった。

「すごいなんてもんじゃねえ。九十五連勝って、どのぐらいの確率か知ってるか？」

「え……？」少し考えて、「よくわかりませんけれど。千分の一ぐらいでは？」

「大外れ。正解は五百兆分の一だ」

さすがに目を剥いた。「うそでしょう」

「ほんとだよ。帰ったら計算してみな。地球上に並ぶ者のない、どころか人類史上空前絶後の大天才さ。レベルが違うよな。こちとら三十いけるかどうかで気を揉んでるってのに」

三十、という数字が幽鬼の耳に残った。この前会ったときは二十三回クリアだったはずだが、三十を意識するプレイ回数に至っているということか。

今何回目なんですか、と幽鬼は聞こうとしたのだが、それに先んじて、両脇腹の刺激が強くなった。「ところで、首尾はどうだ？」と話題を変えられてしまった。

「尋問の成果は？　なんかしゃべったか？」

「いえ……あんまり」

幽鬼は首を振った。

「聞けたのは、んっ、名前だけですね」

「なんの名前だ？」

「その、あれが櫛枝って名前なのと、リーダーの名前……あの、そろそろこの手離れませんか？」

脇腹にひっついている墨家の手の甲を幽鬼は叩いた。「しょうがねえな」と声がして、体もろとも離してくれるものと幽鬼は期待したのだが、手が前に行っただけだった。つまり、後ろから抱きつかれる格好になった。

「ちょっと」

「いいだろ。抱きつかせろ。二十九回目なもんで不安なんだよ」

どうやら二十九回目らしかった。「〈三十の壁〉、ってやつですか」と幽鬼は言う。

「ジンクスじゃないんですか、あんなの」

――〈三十の壁〉。

　婚期の話ではない。プレイ回数の話である。三十回目付近のゲームで、プレイヤーの生還率が急激に落ちるという、この業界にいくらともなくただようオカルトのひとつだ。通常、プレイヤーの生還率は一回目が最も低く、ゲームをこなせばこなすほど経験値が溜まって生き延びやすくなる。しかしなぜか三十回付近だけはその法則の外なのだった。

「ジンクスじゃねえよ。だとしたらなんで、三十回オーバーのプレイヤーがほとんどいねえんだ？　大マジのマジの現実だよこいつは。〈三十の壁〉は実在する」

「運営がなんか操作してるんですかね？　三十回行かれたら悔しいとかなんとかで」

「んなわけねえよ。スター選手が出てきたほうが向こうにとっても都合いいだろ。なんかあるんだよ、絶対。私みたいな単なるベテランと、九十五回様みてえなトッププレイヤーを分けるなにかがな」

「なにかってなんです？」

「それがわかってたら不安になんかなってねえ」

会話が終わった。「もともとなんの話してたんでしたっけ……」と幽鬼は言う。

「尋問の話だろ。名前だけ聞き出せたとかなんとか」

「ああ、そうでした。〈切り株〉のリーダーの名前。萌黄さんというみたいです。どうも、その彼女に強い恐怖を感じているみたいで、それ以上あの〈切り株〉はしゃべってくれませんね。あのまま尋問を続けてもたいしたこと吐かなそうです」

「恐怖」

「恐怖政治ですよ」幽鬼は後ろに体重を預けた。「あっちのリーダーは、こっちとは方針が違うようです」

　あの〈切り株〉――櫛枝は、初心者だ。

〈切り株〉らと接触したうさぎたちの報告によれば、一緒にいた二名も、初心者くさいとのことだった。小隊の全員を初心者で構成するというのは不自然なので、おそらく、〈切り株〉陣営の大半、あるいはすべてが初心者なのだろうと幽鬼は考えていた。数少ない経験者、もしくは隠れた才能を発揮した〈萌黄さん〉とやらが暴君と化し、恐怖を醸すなんらかの手段によりチームを短期間のうちにまとめた。そういうことだ。

「同じ立場なら、私もやってたでしょうね。素人をすぐ動かすにはそれしかないです」

「ってことは、なんだ？　白士の理論ならこっちのが集団としては優位ってことか」

「そうなります。理論的には」

　その点については同意しつつも、

「とはいえ、安心はできませんけどね……。集団として優位でも、ゲーム的に優位とは限りませんし。こちらのまだ知らない武器を、向こうが隠し持ってるかもしれませんしね」

「今のところ、二種類使ってたんだよな」

「はい。笹の葉みたいなナイフと、アサガオみたいなピストル。アサガオのほうは残念ながら確保できなかったそうですけど」

「もう一個ぐらい、あってもおかしくねえな」

「ところで、ナイフよりピストルのが一般的には上なんですか？　接近戦ではうんぬんとか、素人が銃持ってもうんぬんとか聞きますけど」

「知らねえよ、プロじゃないし」

「墨家さんの意見としては？」

「一長一短だろ。〈防腐処理〉があるからナイフがやや優位じゃねえかな？　急所に当てやすいだろ、やっぱ」

そう言って墨家はぶんぶんと手を振る。手の形から推定するに、エアナイフによるエア殺人だった。

「あと、あれだ。ピストルって言ったら、素人でも女でも扱えるやつだぜ」

「なんでわかるんです？」

「このゲームの武器って基本同じやつなんだよ。違うのはガワだけ。八発装填でリロードは不可。私らの手にもよくなじむレディースサイズだ」

「レディースサイズなんていうにはごっつすぎますけどね……」

言いながらも幽鬼は考える。リロード不能。ということは、八発打ち尽くしたらただのアサガオ。〈切り株〉とやるにあたってかなり重要な情報だった。〈ナイフがやや優位〉という墨家の発言も、そのスペックを加味した上のものなのだろう。

今回の銃は十二発装填でしたなんてこともあるかもしれないし、弾切れを装ってじつは二丁持ってましたなんていう罠を敵方が仕掛けてくる可能性もあるが、それでも、頭に入れておいて損のない情報ではある。

「…………」

いや。

そうでもないだろうか。

今のところ、幽鬼が出る幕はなさそうなのだから。こんなのんびりとした時間を命懸けのゲームにありながら過ごしていられるのは、幽鬼よりも経験豊富なプレイヤーが多数いるからだ。彼女たちが〈切り株〉と戦い、戦況を有利に進めてくれているからだ。幽鬼はただ、ここで、幽霊みたいにぼうっと突っ立っているだけでいい。敵方の武器の情報など知らなくても構わない。

「あれ」

声があった。墨家だ。

「あいつ、どこいった？」

墨家が体重を前に預けた。わりとある胸が幽鬼の背中に当たった。「あいつ？」

「キャラメルみたいな色の、長い髪の女。初心者組にいたはずだけどな」

初心者組に目をやる。〈切り株〉を囲んでいる態勢のため、半分は幽鬼に背を向けていたが、しかし髪だけを確認するのはそう難しくなかった。

茶髪の娘を見つけ、「あれでは？」と幽鬼は指差した。

「ばか。あれは茶髪だろ。私が言ってんのはキャラメル色だよ」

「なんですかキャラメル色って」

「もっと濃淡のない、優しい色なんだよ」

その言葉だけではいまいちイメージがつかめないが、でも、とりあえず、該当の人物はあの中になかった。「見間違いでは？」

「いつ見たんです？　さっきまでいたんですか？」

「最初の集合の時。固まってる中にいたはずなんだが」

「経験者の誰かでは？　あの時って別に、初心者だけで集まれなんてルールなかったでしょう？」

「うーん……」墨家はうなる。「確かにいたんだが」

やけにこだわるな。そう幽鬼は思った。見間違いで十分片付けられる範囲のことだし、もし仮にそうでなかったとして、なにが問題なのか幽鬼にはわからない。

やがて、墨家は言う。

「幽鬼。ちょっとあいつらに」

言い終わることはなかった。

大声の乱入があったからだ。

（15／43）

「全員！」

名詞だけだった。

〈こっちを見ろ〉も〈聞け〉もなかった。だが、なにぶん、よく通る声だったので、部屋にいた全員がそのほうへ向いた。

大部屋の出入り口だった。

この部屋に戸はない。室内と外は、扉ひとつ分の空白により直につながっている。その領域に通せんぼをするかのごとく立っていた人物は、誰あろう、うさぎ陣営のリーダーであるところの白士だった。

九十五回のゲームから生還した、超人。

見かけには傷ひとつなかった。また、その右手には、さっき話にのぼったアサガオが握られていた。それはつまり、アサガオを所持した〈切り株〉と接触しながらも、無傷でこれを撃破し武器を奪ったということを意味していた。しかしながら、その成果とは裏腹に、彼女は息絶え絶え、かつ、焦りに満ちた表情だった。

「全員立て！」とその顔のままに白士は続ける。

「逃げろ！　作戦は全部中止だ！　うさぎに――――」

（16／43）

萌黄は、追い詰められていた。

力の差は歴然だった。

（17／43）

どのように編成を組んだらいいかなんて、わからない。

萌黄に従軍経験はないし、その道のマニアでもないからだ。わからないなりに考えた結果、三人一チームの編成とすることに決定した。多すぎても少なすぎてもいけないと思ったからだ。少なすぎれば数の暴力で押さえ込まれる危険があるし、多すぎれば、一人一人が主体性を失って戦力を半減する。三人ぐらいがちょうどいい按配だろうと判断した。

正答か誤答か、それもわからない。

だが、事実として、ゲームは終始〈切り株〉陣営の不利に進んだ。うさぎ陣営が積極的に攻めてくるという萌黄の予想は大当たりだった。開始わずか三十分、最初に戻ってきた小隊から櫛枝がさらわれたとの報告があって、それからはもうころりころげるようだった。ゲーム開始から六時間もしないうちに、〈切り株〉の総数は半分以下に減った。対して殺したうさぎの数はそれと同じ、あるいは少ないかというところで、同じ数減っているわけだから、このままいけばどちらが先に全滅するのかということはゴブリンにもわかる算数だった。

幸いだったのは、〈切り株〉がみな、ちゃんと戦ってくれたことだ。一人も殺せないという最悪のケースは回避されていた。萌黄の〈指導〉がある程度成功していたということで、そこはがんばったといえるのだろうが、しかしこのゲームに努力賞はないのだった。

一刻も早く手を打たないと、死ぬ。

うさぎどもに敗北するという意味でもそうだし、ここまでくると、味方のほうが怖かった。無能なリーダーがいつまでも君臨していられるほど世の中甘くないからだ。よろず恐怖政治が長続きしない事実と合わせ、萌黄の身はこれ以上なく危なかった。

どうする。

どうすればいい？

〈切り株〉陣営の本拠地だった。みんなが最初に目覚めた、教室ひとつ分ぐらいある部屋だった。三種の武器がかかっていた、今はひとつもかかってない壁にもたれ、萌黄は、考えていた。

強者なら、こんなときどうするのか。

なりふり構わない強者なら、メンターなら、一体どうするのか。萌黄には見当もつかなかった。――いや。見当はついている。こんな状況にそもそもならないというのが答えだ。もっと強力にチームをまとめて、今頃はうさぎどもを全滅させているのだ。それが答えだ。たとえ師匠でもこんな状況になったらもう巻き返せない。もはや手遅れ。不利に陥った時点でそいつはもう強者でないのだ。ナポレオンだってローマだって負けるときはわりとあっさり負けている。終わりだ。私はもう負け役に決まったのだ。

そんな思考が、頭をめぐる。

どうしようもない現実がやってくるのを待つ時間。

人生で初めてだった。心底、怖いと思った。階段を登る死刑囚。破産寸前の経営者。キャリアアップの望めない労働者。四面楚歌の司令官が自殺するシーンというのを映画だかなんだかで見たことがあって、なんで最後まで戦わないんだと素朴に思ったものだが、納得する。こういうことだったのだ。死を待つ時間は死そのものよりも怖いのだ。それを予期した瞬間に真の恐怖は発生するのだ。

「あの」

右手がふるえた。アサガオを、握っていた。〈指導〉の際に使用したものだ。最初の一人に三発、二人目にも三発、三人目に一発、撃ったので、まだ一発が残っている。

口に出すのも恐ろしい考えが頭に浮かんだ。実際、どうなんだろうか。痛みもなく逝けるものなのだろうか。〈防腐処理〉があるし、口径が小さいから、かなり苦しむかもしれない。しかし過程はどうあれ結果は間違いないだろう。それに、仮に痛かったとして、それはそれでありなんではないかとも思った。

萌黄（モエギ）は、その右手をゆっくりと、

「あの！」

水をかけられたようだった。

はっとした。いつの間にか下がっていた顔を萌黄（モエギ）は上げた。

〈切り株〉がいた。

藍里（アイリ）という娘だった。その名にふさわしい、綺麗（きれい）な藍色の瞳を持つ娘だ。萌黄（モエギ）の〈指導〉にすばやく適応した人物の一人であり、すでに、四人のうさぎを殺害することに成功していた。

手には、笹（ささ）の葉が握られていた。

心臓が、跳ねた。まさかと思った。思うとともに体が動かなくなった。上げている最中だった右腕までもが変な位置で停止した。釘付け（くぎづ）けだった。目の前の女を煮るなり焼くなりできる立場だと知ってか知らずか、藍里（アイリ）はその唇を動かして、

「報告が、あるのですが」

　返事をするのに三秒かかった。

　空中に飛んでいた魂を、捕まえるまでの時間だった。「……え？」

「その……妙なものを見かけまして」

　体に力が戻った。右腕がまた動き出し、萌黄（モエギ）の胸にどんと当たった。

「……ああ……そう……そうなんだ」

「大丈夫ですか？　無理に聞いていただくほどでもないのですが」

「いや、大丈夫。なに？」

「服を脱がされている死体があったんです」

　藍里（アイリ）は言う。

「〈切り株〉のものでした。そばにバニースーツが落ちていて、つまり……」

「変装したってことか」萌黄（モエギ）が先を言った。

　それを禁止するルールはなかった。

　そうしたところで陣営が変わるわけではないし、クリア条件も据え置きなのだが、しかし着替えるだけならそれは本人の勝手だ。破廉恥なバニースーツから比較的ましなジャンパースカートに変身できるという精神的な効用もさることながら、もっと戦術的な意味が、その行為には含まれている。

　敵味方をごまかせるのだ。

「もともとこちらは三十人しかいないので、服を変えたぐらいでは見間違えないと思いますが……一応、報告すべきと思いまして」

「ありがとう。助かるよ」

「それと、死体そのものにも妙なところがありまして……」藍里は口元に手を当てる。「その、激しく損壊していたんです。死んだあとにもいろいろやったのだと思うのですが」

「損壊？」萌黄は反復する。「具体的にはどんなふうに？」

「耳心地のいい話ではないですけど」

「聞かせて」

「体を開かれていました」言うと同時、顔色が悪くなった。「臓器からなにから、全部引きずり出されていました。向こうの陣営に快楽殺人鬼でもまぎれてるんでしょうか？〈防腐処理〉があるとはいえ、人間の所業とはまるで思えなかったです」


（18／43）


体が冷えた。

藍里の報告が恐ろしかったから、ではなかった。いや。恐怖するには恐怖した。だが、それは、通常とは別のところに対しての恐怖だった。

冷えた唇で「なんだって？」と萌黄（モエギ）は言う。

「開かれてたって、その、あれかな。魚の開きみたいな……」

「……無理に例えるなら、そんなふうです」

「それで、服は脱がされていた？」

「はい」

萌黄（モエギ）は、自分の衣服に視線を落とした。

切り株をイメージした、茶色のジャンパースカート。バニースーツと比べて、ゆったりとした服装。

思い出す。

締め付けるタイプの服装が苦手なのだとあの人は言っていた。

ありうる。欲しがるということ、ありうる。

「殺されてたのは誰？」

「名前まではちょっと……」

「じゃあ、その娘の身長は？」

「は？」

「百七十センチぐらいだったりしない？」

藍里（アイリ）は怪訝（けげん）な顔をした。「どうしてそんなこと」

「いいから」

「……背丈のあるほう、だったとは思います。百七十センチかどうかまではわかりませんが」

決定的だった。萌黄は、壁に背中を預けた。

――来てるのか？　あの人も、このゲームに？

だとすれば。ああいうふうに一人殺したということは、もう――。

「藍里さん」

「はい」

「今すぐ逃げるんだ」

藍里は瞠目した。その綺麗な藍色の瞳が全部見えた。

「……いや……違うな……それだとクリアが……そうか、このままじゃ私たちの分まで……」

「あの、どういうことです？」藍里が聞いてくる。「うさぎの一人が〈切り株〉に化けた。それ以上のなにかがあるんですか？」

「ごめん、藍里さん、私にはもうどうしたらいいのか……」

「ですから、なにが起きてるんです？」

「いいから逃げるんだ!!」

不自然なぐらいの大声だった。反動で、力が抜け、その場に崩れるがそれでもなお萌黄(モエギ)は声を嗄(か)らす。

「あの人の殺しは海水を飲むのと同じなんだ！　一回始まったら止まらない！　うさぎも〈切り株〉も関係ない！　このままだとあの人以外には誰も残らないんだよ！」

だが、その半分も、藍里(アイリ)には伝わっていない様子。

萌黄(モエギ)はわかりやすく言い換えた。「だから——！」

（19／43）

「うさぎに殺人鬼がまぎれている！　伽羅(キャラ)色の髪をした女だ！」

（20／43）

白士(ハクシ)がそう言った直後、だった。

ふたつとも、彼女の頭上を飛び越えてきた。マツボックリの形をしていた。幽鬼(ユウキ)の動体視力ではどれだけ睨(にら)んでもマツボックリそのものだったが、しかし、アサガオと笹(ささ)の葉の前例のため、それがただの飾りであるとはとても思えなかった。その部屋にいた、初心者組も含めた全員、幽鬼と同意見だったことだろう。

全員、伏せた。

爆発を予見したのだ。

半分的中だった。爆発は確かに起こった。だが、爆発は爆発でも命の危ないものではなく、ばら撒かれたのは熱風でもマツボックリの破片でもなく灰白色の煙だった。元の体積からは想像もできないほどそれはよく広がった。かけることのふたつ分で、三百人規模のフロアをあっという間に征服した。

視界が、消えた。

引き換えに、聴覚が敏感になる。

「うっ」

という声を幽鬼は聞いた。女にしては野太い声だった。断末魔だからだ、と幽鬼は直感した。腹を刺されるなどして、望まない形で声帯がふるえたのだ。

数々の思考が浮かんだ。

刺したのは誰か。刺されたのは誰か。まさか白士の声か。殺人鬼とやらにやられたのか。ばかな。五百兆分の一の超人がこんなあっさり陥落するものか。いや。そもこの状況はどういうわけだ。マツボックリを投げたのは白士言うところの〈殺人鬼〉なのだろうが、彼女がそいつにつけられていたということをそれは意味する。ばかな。九十五回様がそんなミスをするはずがないだろう。いやでもそれ以外に納得いく説明は、
幽鬼(ユウキ)は自分の両ほおを叩(たた)いた。

違う。心でそう叫んだ。どうでもいいことを考えてしまった。数秒もロスしてしまった。ゲームの経験の薄弱さがもろに出た形だった。違う。そんなことどうでもいい。今考えるべきことではない。今は今にだけ考えるべきことを考えなければならない。たった今考えるべきこと。いちばんに考えるべきこと。それはなんだ？

——私の生存だ。

なるほど。それはそうだろう。ではそのためには？　——ここから逃げるのだ。よろしい。白士(ハクシ)の指示にしたがっておくのがここでは賢明だ。ではなぜお前はそうしないのか？

——煙幕があるから。そうだ。とはいえ部屋の出口がどっちにあるのかは覚えている、問題はそこに〈殺人鬼〉が待ち伏せてないかということだ。つまりお前が待つべきものは？

——音だ。ご名答。煙幕を張ったのは狩りをするため。このまま待ってれば〈殺人鬼〉とやらはまた誰か殺すはず。その誰かはきっと断末魔の悲鳴をあげるだろう。それで安全確認をするのだ。

あわれ被害者が幽鬼(ユウキ)自身であるという不幸もありえたが、とっさに思いつけた中では、それが、いちばんの生存戦略であるように思われた。

身じろぎもせず時を待った。

手術台に乗せられたかのような気分をしばらく味わって、

「おうっ」

オットセイの鳴き真似めいた間抜けな断末魔が聞こえた。

出口とは違う方向だったので、幽鬼は全力疾走した。


（21／43）


萌黄は、巨大迷路に繰り出した。

うさぎを殺すためだった。


（22／43）


迷路の中は、さながら地獄絵図だった。

角を曲がるたび、新しい死体に行き当たる。アサガオで顔面を撃ち抜かれているうさぎ。互いに抱き合った姿勢で倒れている二名の〈切り株〉。死に際に這いずったのか、白いもこもことしたものを廊下に引いて死んでいるうさぎ。そして、あの人が殺したのだろう、体の中身を全部引き出されている〈切り株〉もあった。

巨大迷路の道幅は狭い。死体があったら、それをまたいでいかないといけない。人の上をまたぐという行為に萌黄（モエギ）はためらいがあった。身長が伸びなくなるという迷信があるからだ。相手が死体といえどそのためらいに変わりはなく、そんなくだらないことで罪悪感を抱く自分につくづく嫌気が差した。

罪悪感は、弱者の持つものだ。

そんなものに囚（とら）われていてはいけない。

巨大迷路を萌黄（モエギ）は歩く。うさぎを殺すためだ。このゲームのクリア条件。それが、緊急の課題だった。制限時間にはまだ六日間以上の余裕があったものの、このままでは、殺せるうさぎがそもそもいなくなってしまう。

萌黄（モエギ）のメンターである殺人鬼、伽羅（キャラ）が動き出したからだ。

伽羅（キャラ）色の髪をしたあの人の手にかかれば、三百人のうさぎなど、なんてことないだろう。近いうちにうさぎ陣営は全滅する。〈切り株〉陣営についても同様だ。クリア条件を満たせなくなるという意味でもそうだし、わざわざゲームオーバーを待たずとも、うさぎともども彼女の手で殺害していただけることだろう。

全滅だ。誰も残らない。

伽羅（キャラ）の弟子たる萌黄（モエギ）ですら安全とはいえなかった。我がメンターの読めなさは知りすぎるほど知っている。勢いのままに殺されるということは十分考えられたし、そうでなくとも、萌黄（モエギ）が〈切り株〉陣営にいるということをあの人は知らないのだから、萌黄（モエギ）の生きる分、五人のうさぎを残しておこうなんて考えになるはずもない。

変則的ではあるが、〈やらなきゃやられる〉状況だった。

一刻も早く、五人殺すべし。

だが、逸（はや）る気持ちと裏腹、萌黄（モエギ）の殺害件数はいまだゼロだった。行けども行けども、またげどもまたげども出会うのは死体ばかりだった。倒れているうさぎを起こして本当に死体か確かめたり、死体の温度からいくらの時間が経過したものか推測したり、それを頼りに進むべき方角を選んだりしたのだが甲斐（かい）はなかった。

ひょっとして、もう、全員死んだのか——。

そんな考えが無視できない大きさまで膨れ上がったところで、ようやく、萌黄（モエギ）は生存者に会う。

うさぎではなかった。

「あっ、……」

なんていう声をお互いにあげた。

〈切り株〉だった。緋川（ヒカワ）という名前だと記憶していた。萌黄（モエギ）の〈指導〉を最初にこなした娘である。

「萌黄さん」と、安心した様子で緋川は言う。

「よかった。ご存命でしたか」

「……」萌黄は少し黙って、「うん」と言った。

「あの、もうご存知ですか。うさぎにシリアルキラーがいるとかで、ゲームどころではなくて。私たちが殺す分までもなくなってしまいかねなくて……」

文法ががたがただった。だが言いたいことは伝わった。「うん」と答える。

「一人で心細かったんです。会えてよかった。大変なことになりましたけど、なんとかして二人生き延びましょう」

熱の入った言葉だった。「うん」と萌黄は答えた。

「あの……それで。厚かましいお願いなんですが、いいですか」

「なに？」

「私、今、武器を持ってないんです」

緋川は、ジャンパースカートのポケットに差してあったアサガオを抜いた。二回、三回とトリガーを引くものの、無反応だった。

「弾が切れてしまって。お手持ちに余裕があったら、分けてもらえると助かるのですが……」

「うん」

萌黄は答えた。後ろ手に隠していたアサガオを、前方に持ってきた。

「一発でいいかな」


（23／43）


緋川の死体を探ったところ、笹の葉とマツボックリをひとつずつ発見した。

武器がないなんて、大嘘だった。少しでも多くの装備を萌黄からせしめる腹、いや、それどころか、油断した隙に後ろからぐっさりいくつもりだったかもしれない。緋川のアサガオが弾切れでさえなかったら、殺されていたのは、あるいは萌黄のほうだったろう。

初めから殺すつもりだった。

うさぎにしろ〈切り株〉にしろ、出会った時点で殺すことにはなから萌黄は決めていた。〈切り株〉同士の殺人はクリアに寄与しないのだが、しかし、なにぶんうさぎが不足していた。事ここに至っては、〈切り株〉同士ですら、少ないパイを奪い合うライバルだった。

現在、萌黄の携行するアサガオは三丁である。

笹の葉は二本である。

マツボックリは三個である。

どれもこれも、〈切り株〉からの収奪物だ。うさぎはまだゼロだが、〈切り株〉の殺害数はすでに五人を超えていた。うさぎを横取りされないようにするため、なるべくたくさんの装備を手に入れるため、萌黄は味方殺しを敢行していた。

なりふり構わない強者なら、そうすると思ったからだ。

なりふり構わない強者になるため、そうしなければならない。

ところで、世の中では、本当の強さとは腕っぷしの強さではなく心の強さにあるのだとかいうふざけた言説が幅をきかせているようだが、あんなものはクソのクソのクソでしかないと萌黄はみなしていた。自分に能力がないのを認められないあわれなやつらが、自らを正当化するため作り上げたあれは虚像だ。〈本物の強さ〉。それは実行力にほかならない。自分の欲求を、おもむくままにわがままに表現する力だ。なりふり構わない態度だ。その一手段として暴力は許容されるし、ひるがえって愚痴を吐きつつ現状におもねる〈心の強さ〉とやらはお呼びでない。倫理。道徳。遵法精神。全部唾棄すべきものだ。実行力こそ新時代の倫理だ。それのない者は人間じゃない。ただのいい子は、すべてを失う。十六年の人生における萌黄最大の学びである。このゲームに参加したのも伽羅に弟子入りしたのもそのためだ。新しい自分に生まれ変わるためだ。

泣いているだけの自分はもう嫌だ。

弱みのない人間に。

強い人間に、なるのだ。

うさぎに出会った。

（24／43）


幽霊みたいな雰囲気の女だった。

生まれてこのかた日光を浴びたことがないかのような青白い肌と、株で大損こいたみたいに生気のない顔を併せ持つ。うさぎ陣営であり、バニースーツを着ていたのだが、体中にただよわせている死の気配のせいだろう、驚くほどそれは似合っていなかった。

曲がり角だった。

ちょうど、互いに角を曲がろうとしたところだった。食パンくわえた女の子が顔のいい男子とぶつかる、あのシチュエーションを萌黄（モエギ）は連想した。食パンはなかったし、ぶつかりもしなかったが、しかしその距離は三十センチもなかった。

時が止まった。

至近距離で、二人とも固まった。

「……！」

恥ずかしながら。

前に出ることはできなかった。後退した。距離を空けつつ、アサガオの銃口を幽霊女の胸に定めた。が、こちらがワンアクションすれば向こうもそうするのが至極当然、幽霊女は身を引いて曲がり角の奥に消えた。

銃声、に続いて反動がある。無理な体勢だったことが災いした。よろめいて、脚をばたつかせ、萌黄(モエギ)はその場に尻餅をついた。地面の葉っぱが衝撃をやわらげてくれたので痛くはなかったが、再び立ち上がるのにはいくらかの時間がかかった。

萌黄(モエギ)は、幽霊女を追って角を折れた。

すると幽霊女はさらに先の角を曲がろうとしているところだった。もう半分ぐらい消えつつあったその背中を萌黄(モエギ)は撃った。いや。撃ってない。トリガーを引くという意味では撃ったがてんで的外れ、壁に当たった。下手くそめと毒づきながら萌黄(モエギ)はなおも女を追う。

また角を折れる。

アサガオを構えた。

だが、女の姿はなかった。

しん、という静寂。

それと、無人の通路。それだけが萌黄(モエギ)に与えられたものだった。

見失ったのだ。

萌黄はアサガオを下ろした。壁に寄りかかった。ちょっと走っただけだというのに、息が切れていた。心臓も大騒ぎだった。萌黄は意識して呼吸し、各種器官の騒ぎを収める。

そして、聞き耳を立てた。

かさかさ、という音がわずかにした。

幽霊女の足音だった。床の葉っぱを踏む音だった。移動すれば、鳴るのは自然の摂理だ。さっきは萌黄自身も移動していたため、足音がまぎれて幽霊女の接近に気づかなかったが、本来、近くにいるプレイヤーの居場所がわかるようにこのゲームはできていた。萌黄は、無駄とは思いつつも忍び足を使って、足音を追った。

三つか四つ、角を曲がった。

十字路に差し掛かった。音のあった直線に萌黄は躍り出た。

そして、

「……え……」

そこには。

うさぎの耳だけがあった。ヘアバンドだけがあった。

一定のリズムで動いていた。ぴょこ、ぴょこと、そのたびに耳が揺れていた。萌黄が足音と睨んだかさかさの音も、そこから発生していた。

これは、ヘアバンドが意思を持って動き出したなんて話ではもちろんない。その耳と耳の間、弧状のバンドの頂点のところに、結び目があった。うさぎの首についている、襟だけの上着にちょうちょ結びされていたリボンだった。

リボンの先は、廊下の奥に続いている。そのへんの死体から取ってきたものをつなぎ合わせたのだろう、一定の間隔で結び目が見られた。角を折れていて、その終端部は見えなかったが、しかしヘアバンドが動いているのだから、誰かがそれを引っ張り、張力を発生させているのだということは論理だった。

いろいろ言ったが、つまるところ三文字の概念。

おとりだ。

萌黄(モエギ)の首に強く締め付ける力が生まれた。

後ろから、首を絞められた。さらさらとした肌触りだった。これもリボンだろうと即座に思った。何本か束ねて縄にしているのだ。萌黄(モエギ)は後方によろめいたが、何者かの体がそれを受け止めた。誰かなんて考えるまでもなかった。

右手に持ったアサガオを萌黄(モエギ)は耳の近くにやった。ちょうど電話をかけるようなポーズで持ち、背後の幽霊女に一発おみまいしたのだが、これが失敗だった。銃声で耳がやられた。カフェインを脳に注射したかのように頭がスパークした。びっくりしてアサガオを取り落としてしまい、床に落ちたそれは、葉っぱを巻き込みつつ前方に滑っていった。幽霊女に蹴られたのだ。

発砲のあとも首絞めは続いた。幽霊女に弾が当たってないことの証明だった。萌黄は笹の葉を持ち、自分の首を締め付けているリボンを切断した。平常なら恐ろしくてとてもできない行為だが、血流がストップして脳がいい感じにばかになっていたのでやりおおせた。解放された萌黄の首と頭が、反動で前方向にがくんと落ちた。

顔を上げると同時に体ごと振り向いた。

さらに、自然な動作で、笹の葉を振り上げた。狙いなんてつける間もなく振り下ろした。

手首をつかまれた。

幽霊女の目と鼻の先で停止した。

対面する姿勢になった。それが、何秒続いていたのかはわからない。その時間中ずっと、萌黄ときたら笹の葉をあと十センチ前にやるので必死であり、それを後悔したのは、萌黄のみぞおちに蹴りが叩き込まれたのと同時だった。

「あ、」

と〈が〉の中間のような声が漏れた。一歩下がった。距離が開いた。幽霊女が距離を詰めてこようとしたので、まだなんとか握れていた笹の葉を萌黄は大袈裟に振って威嚇した。

萌黄は、下がった。

それは、精神的な後退でもあった。格付けが済んだのを感じた。ゲームの経験値が違う。接近戦では勝てない。アサガオで遠くから狙わなければという、我ながら素人じみた発想に取り憑かれ、萌黄は笹の葉を捨てた。ジャンパースカートの両ポケットから残り二丁のアサガオを抜いた。

撃ちまくった。

が、そこで、自分が十字路の真ん中にいたことを再認識した。二丁拳銃をかわすのに、幽霊女は体をほんの一歩横にずらすだけでよかった。幽霊女が視界から消えて、萌黄はまた一人になった。

いろいろのものが、百鬼夜行のごとく萌黄の意識にのぼった。荒くなった呼吸音。まだ痛む右耳。汗で張り付いたブラウス。体温を受け取るだけ受け取ったアサガオの持ち手。そして、リボンを切断するとき切ってしまったのか、じくじくと痛みを放つ首の周辺。

足音は、聞こえなかった。

幽霊女は、まだ、そこの角で待機している。

まさか腰が抜けたわけもあるまい。動かないのは、動かないほうがいいと考えているからだ。こちらが二丁拳銃を携えている以上、中途半端に逃げるのは逆に危険である。接近戦に持ち込んだほうがいくらか目があるだろう。

前に出る、勇気はなかった。

ついさっき、情けないところを見せたばかりなのである。手と手が届く、取っ組み合いの間合いになったら負けるのは自分だ。理屈うんぬん以前にまず足が動かない。じっとアサガオを構え、なにかの間違いで女が出てくるのを待つ以外になかった。

時が、過ぎる。

気持ちが逸る。

なんたって萌黄はまだゼロ人なのだ。こうしている今このときにも、伽羅師匠の手によってうさぎの数は減っていることだろう。ゼロ人。これが一人目。一人でこんなにきついのかと萌黄は唇を噛んだ。正直に言おう、もっと楽だと思っていた。こちらは拳銃で相手は丸腰、もっと簡単に指先の運動だけでやれると高をくっていた。それがなんだ？　一歩間違えたら死亡って状態になんで私はなってるんだ？　これをあと四回もやらないといけないのか？　そんなの私みたいなグズには到底、
やめろ。

やめろ。やめろやめろやめろ。無気力によりすがるのはやめろ。強者はそんなことしない。そんな弱々しい思いに浸っている暇はない。理想の自分に生まれ変わるためのこれは儀式であり、試練であり、あの女は踏み台で経験値でいつか苦労話のネタにするものと考えなければならない。そうとも。神様は乗り越えられる試練しか与えない。努力は必ず報われる。人生はプラスマイナスゼロで私をばかにしたやつらを近いうち見返してやるのだ。

言った。

「負けるかよ」

さらに言った。

「こんなところで負けるか！　私は！　伽羅（キャラ）さんの弟子なんだ!!」

返答はなかった。

代わりに、幽霊女は〈それ〉を投げてよこした。

（25／43）

マツボックリだった。

発煙弾だった。勢いよく、十字路に展開された。萌黄（モエギ）のいる地点にまで触手が伸びてきて、それと同じ速度で萌黄（モエギ）は下がった。

自分自身に目をやった。

視線の先におわしますは〈切り株〉のジャンパースカート。それには、マツボックリを持ち運ぶためのベルトがひっついていた。三つあったはずのマツボックリが今や一つになっていた。

戦っている間に、盗まれたのだ。

しかも、一つではなく、二つ。

気づきましたかというかのごとく煙を抜けて〈二つ目〉が現れた。縦に回転しながら、萌黄の横を抜けた。後方にて炸裂し、彼女の退路にもくもくと煙をはびこらせた。

前方と後方、灰色の壁ができた。

とはいえ、そんなの、煙なのだから簡単に抜けられる。萌黄はすぐにそうするべきだった。彼女がこの瞬間取るべきだった行動は議論いらず、煙を抜けて幽霊女から距離を取ることだった。逃げるのではない。距離を取るだけだ。幽霊女を諦めるか否かはともかく、両側を煙に阻まれている環境はまずい。すみやかに逃れるべきだった。

だが、実際には、萌黄は前にも後ろにも動かなかった。煙の中に――視界の塞がれた場所へ突入することに恐怖を覚えたからだ。煙幕を通り抜けることなど考えもしなかった。

ふたつの煙幕が合流した。

萌黄は、飲まれた。視界が失われた。

あわただしい足音が聞こえた。

萌黄は思わずアサガオのトリガーを引いた。十字路に向かって、二発。だが着弾したと思しきうめき声はあがらず、そもそも足音は近づくのではなく遠のいていた。幽霊女は奥へと走ったのだ。

逃げたのか――。

その考えは数秒もなく打ち消されることになる。足音が、また近づいてきたからだ。しかも方角が違っていた。一周ぐるりと回って、背後から萌黄を襲おうとしているのだろう。

そうはいくものかと振り向いた。

もっと大きなかさかさ音が近くから聞こえてきた。リボン付きのヘアバンドが近くにあるのを萌黄(モエギ)は覚えていたので、それが幽霊女の足音だと誤認することはなかった。いくらなんでも注意を払っていれば聞き分けられる。そうだ。煙幕を張ろうが裏に回ろうが、この直線において萌黄(モエギ)の優位は変わらない。なにせリーチが違う。どんな達人だろうと丸腰でこの二丁拳銃に勝てるはずが――

「――あ」

つい、口から漏れた。

体が、一瞬で熱をなくした。

思い出す。

この戦いの開始時、自分が三丁のアサガオを持っていたことを。

思い出す。

その一丁目を、耳元で撃ってしまったせいで取り落としたということを。

思い出す。

それは幽霊女により前方に蹴られて、

今現在、どこにあるのだったか？

（26／43）


銃声が連続した。

うち半分は萌黄（モエギ）のもので、もう半分は別人のものだった。

狭い通路だった。

死体があったらまたがないと進めないぐらい道幅のない通路だった。身をかわすなんてことは不可能な通路だった。互いにアサガオを携えた今、優位は、動いていた。かたや身じろぎするのがやっとの狭っ苦しい通路の中央。かたやいくらでもその身を隠せる曲がり角。どちらが撃ち合いに勝利するのか、そんなものは火を見るよりも明らかだった。

肩と、腹と、右脚に食らった。

受け身も満足に取れなかった。

かろうじて評価すべき点があるとすれば、それは、痛みを声に変えなかったことだろう。だが倒れたことはばれた。さらに一発食らった。どこに食らったかもうわからなかった。

全身が覇を競うかのように痛かったからだ。

痛烈に、萌黄（モエギ）の神経が焼かれた。

全部吹っ飛びかけた。

彼女の脳髄の九分九厘までもがふたつのことで埋まった。痛いということ。痛みから逃れたいということ。だがここで逃げても逃げきれないしなんにもならんという思考が土俵際に残った。萌黄は、両手を動かし、いつの間にか手放していたアサガオを手探りする。が、その右手がハイヒールに踏みつけられた。

目の前に銃口が現れた。

「……っ」

煙幕は、いまだある。

しかし、晴れかけていたし、距離も距離だった。アサガオの向こうに幽霊女の顔を見た。けわしい表情だった。殺意か、それとも殺人への嫌悪を意味するものか。

自分に突きつけられているアサガオに萌黄は焦点を当てた。萌黄が落としたアサガオ。記憶によれば、一発まだ残っている。仮に弾切れだったとしても、その銃身で直に殴ればいいだけの話だ。

終わった。

それは、もう、強者の演技をしなくてもいいということだった。

目尻に、しばらくご無沙汰な感覚があった。アサガオのトリガーが引かれ、人間の頭を貫くのに十分な殺傷能力が弾丸に与えられた。銃身から彼女の顔へ、三十センチもない距離を飛翔(ひしょう)するそのわずかな時間に、生涯最後の時に、萌黄(モエギ)は、確かに泣いていた。

（27／43）

煙が晴れた。

（28／43）

武器を回収するため、幽鬼(ユウキ)は煙が晴れるのを待った。

二丁拳銃。あとひとつのマツボックリ。それと、たぶん持っているであろう笹(ささ)の葉。殺人鬼と戦うにあたって、武器を調達することは目下優先課題だった。彼女を殺したときにもうだいぶ煙は薄まっていたので、視界に問題はなく、すぐに死体漁(あさ)りを始めることもできたのだが、しかし幽鬼(ユウキ)はしばらく固まっていた。

完全に煙が晴れたのとともに、動いた。

全力で壁を殴りつけた。

硬かった。びくともしなかった。ゲーム用のセットなのだから当然だ。幽鬼(ユウキ)としても壁を壊すことが目的ではむろんなく、ただ、八つ当たりができればそれでよかった。この

〈切り株〉の死体を殴りつけてもよかったぐらいだ。

なぜなら、幽鬼は、この娘のせいで苛立っていたのだから。

「……いっちょまえに見栄切りやがって……」

幽鬼は言う。

恨めしげに。

「向いてないんだよこのゲームに！　実社会でやってけよお前みたいなのは!!」

まるで話にならなかった。

才能がない。そうとしか言いようがなかった。立ち回りにちっともセンスが感じられない。どうやらあの殺人鬼の弟子らしいが、〈それ〉で〈あれ〉ということは本当に見込みがないのだろう。戦闘中、身の危険をまったくもって幽鬼は感じなかった。たとえ世界が百回繰り返したとしても、幽鬼の勝利する運命が覆ることはないだろう。

現象面では危なげない勝利。

だが、見てしまった。死ぬ瞬間のやつの面を。とんでもない置き土産だった。今までに幽鬼が見てきた数多くのプレイヤーのように、恐怖したり、絶望していたり、闘志を失わずにこちらを睨んでいるということはなかった。まさか自分が死ぬなんてとでも言いたげな間抜け面でもなかった。

やつは、悔しがっていた。

全身全霊をかけて、それでもなお届かなかったことに対する感情。人生を本気でやってきた、だのに結果がともなわなかった貧者への補償だ。このゲームの努力賞だ。それがなんなのか幽鬼(ユウキ)には推測すら立たないし、聞いたとしてもどうせ共感はできないだろうが、でも、なにかあったのだ。幽鬼(ユウキ)のような〈なんとなく〉とは違う。〈一回きり〉の動機とも違う。このゲームに出続けることで、達成できる何事かがこいつにはあったのだ。

それを、幽鬼(ユウキ)は殺した。

踏み潰した。

なんとなく生きてる人間が、生まれつきのセンスに任せて。

（29／43）

死体の物色を終えたあとも、嫌な気分は晴れなかった。

二丁のアサガオと二本の笹(ささ)の葉と一個のマッボックリを入手しても、〈切り株〉の死体から離れても同様だった。決して自然治癒することのないなにかが、幽鬼(ユウキ)に植え付けられていた。心の内でそれがじわじわと広がるのを、幽鬼(ユウキ)は感じていた。

巨大迷路を歩く。

うさぎのベースキャンプを、目的地としていた。

しっかりとした考えがあってのことではなかった。生き残りの可能性を上げたいのなら、このまま、探索を続けるべきだろう。殺人鬼から逃げ回れというのが白士(ハクシ)の指示ではあったし、それに、一週間を生き残らないといけないのだから、飲食物の確保も必要だった。キャンプに戻れば、もしかしたら殺人鬼とばったり出くわすなんてこともあるかもしれず、それは世間でいうところの飛んで火に入る夏の虫だ。愚かもいいところだった。

しかし、それでも、戻りたかった。

白士(ハクシ)の安否を、確かめたかったのだ。ベースキャンプに殺人鬼がいるかどうかは謎だが、我が師匠はほぼ確実にいると考えていいだろう。

——生死はともかくとして。

もちろん、生きているのがいちばんいい。殺人鬼には勝てないといつか幽鬼(ユウキ)は教えられたが、あの人なら案外あっさり勝利しているかもしれない。生き残りのうさぎを集めて歓談している、そんな風景がベースキャンプに広がっている可能性もある。また、死んでいるならそれはそれでいい。必要なのは確認することだった。誰が生きてて誰が死んでいるのかわからない、状況のなにひとつわからないまま徘徊(はいかい)するのは嫌だった。

目的地が近づく。

ともなって、道に転がる死体が増える。

行きしなに比べて、二倍近くになっている気がした。死屍(しし)累々だった。〈防腐処理〉のため、赤色でべったりということになってないのがせめてもの救いだった。十体に一体ぐらいの割合で、やたらに損壊の激しい死体があって、これは、殺人鬼が特別の手間をかけたものなのだろうということを自然に理解した。

その中に、見覚えのある背格好を見つけた。

墨家(スミヤカ)の遺体だった。

十体に九体のほうだった。ただ死んでいるだけだった。胸部周辺に、穴を開けてマシンを軽くするみたいなノリで大量の刺し傷があった。そのどれかが致命傷だった。酒とタバコでがらがらになったその声帯はふるえず、いつか幽鬼(ユウキ)の脇腹に狼藉(ろうぜき)をはたらいた両手指はすんとも動かない。触れてみると、体温がなかった。取り返しのつかないぐらい魂が遠くにあった。

殺人鬼にやられていた。

伽羅(キャラ)色の髪の女に、やられたのだ。

墨家(スミヤカ)いわく、初心者組にいた女。幽鬼(ユウキ)の知らないうちに消えていた女。

幽鬼(ユウキ)がやつを見逃さなかったら、あるいは——。

そんな考えも頭に浮かぶが、しかし、すぐに打ち消した。ゲーム中は自分の行動に無責任であれと、幽鬼(ユウキ)は白士(ハクシ)より教わっていたからだ。心を整える練習は積んでいた。一回か二回、ゆっくり呼吸すれば、報道陣の前に立つ政治家のように記憶を失うことができた。

だが、その技術でも、心を晴らすことはできなかった。

心に針が刺さっていた。

〈切り株〉の死に顔が、こびりついている。

人間としての格を、まざまざと見せつけられた形だ。自分の心臓が動いていることに幽鬼(ユウキ)

鬼(キ)は違和感をさえ覚えていた。幽鬼(ユウキ)のルールにおいて、あの〈切り株〉は幽鬼(ユウキ)よりも上位であり、それが死んで彼女が生きているという事実に受け入れられないものがあった。

死の縁でバランスを取り続けるこのゲームにおいて、それは、命取りの心構えだった。

悟った。

このままの状態で殺人鬼と出会えば、私は、死ぬ。


(30／43)


ベースキャンプに戻った。

白士(ハクシ)の遺体があった。


(31／43)

十体に一体のほうだった。

〈それ〉を白士と識別できたことを褒めてほしいぐらい、損壊していた。背丈と体格、わずかに残る頭髪の色からして我が師匠だと判断したのだが、もしかしたら赤の他人、あるいは、そのパーツが混ざっているということもありえた。

どこから言葉にしたものだろう。

とりあえず、〈それ〉の位置する場所は大部屋の中央だった。うさぎ三百人を収容できる大部屋のど真ん中に、月の石でも展示するかのようにでんと置かれていた。実際、月の石並みの価値はあるだろう。九十五回のゲームを生き延びた人間の遺体だ。遺体はもちろん、ひいては〈それ〉に接触したこのゲーム会場が聖遺物として認定を受けてもおかしくはなかった。

頭、胴体、手足、指の一本一本や毛一本に至るまで、白士の体は破壊されていた。〈防腐処理〉のため白いもこもこ化した血液が、ほぼ全身を覆い尽くしている。体表面のみならず体内にも破壊は及んでいて、遺体の周りには、アナログ時計の目盛りめいた位置関係で並べられた肋骨、レースコースの俯瞰図みたいに横たわっている小腸、枯山水の岩みたいにぽつぽつ置かれた臓器群などがあった。死体を使った猟奇的なメッセージというのはサスペンスのお約束だが、しかし、幽鬼の見た限り、この空間に殺人鬼の自己顕示欲求またはなにかしらのメッセージ性といったものは読み取れず、これは、単に、死体を破壊したかっただけなのだろうと結論した。

もしかしたら、まだ、息があるかもしれなかった。

「すごいでしょう、それ」

横から声がした。

体育座りの女がいた。


（32／43）


伽羅(キャラ)色の髪の女だった。

キャラメル色の女だった。

伽羅(キャラ)色なんてもの幽鬼(ユウキ)は初耳だったのだが、ああいう色ということで、いいのだろう。さっきの〈切り株〉の発言によれば、そのまま直球、伽羅(キャラ)という名前の人物であるらしい。

印象としては、白士(ハクシ)に似ていた。

長い髪と、長身なところから出(い)でた印象である。だが、その面構えは、我が師匠とは似ても似つかない。

その顔の印象を語ることは難しかった。気難しくてなかなか依頼を受けてくれない伝説の刀鍛冶のようであり、パチンコをやりすぎて目がパチンコになっている親父(おやじ)のようでもあり、変な喋(しゃべ)り方で講義を行う塾講師のようでもあり、頭を打っておしとやかな性格に変わったツンデレヒロインのようでもあり、感情プログラムをインストールされたばかりのアンドロイドのようでもあった。そのすべてが的外れなようにも思えた。幽鬼(ユウキ)の人生に〈これ〉と似た人間はひとりたりとも存在せず、よって、言葉を尽くせば尽くすほど真実から遠のいていくように思われた。

　これが。

　これが、そうなのか。

「あなたが」

　幽鬼(ユウキ)の第一声は、まことにばからしい質問だった。

「これを、やったんですか」

「うん」

　会話が成立した。伽羅(キャラ)は、首を縦に振った。

　殺人鬼。

　九十六回目の古豪、白士(ハクシ)を降(くだ)した女。

「なんで、〈切り株〉の服を着てるんです?」

　発言の通りだった。伽羅(キャラ)は、ジャンパースカートを着ていた。白士(ハクシ)や墨家(スミヤカ)の証言によれば彼女はうさぎ陣営。それが、〈切り株〉の衣装をまとっているということは——。

「ゆったりした服のほうが好きなんだ」

ずれた答えだった。

伽羅(キャラ)は、幽鬼(ユウキ)をじっと見てきた。

「逆に、その格好のままで恥ずかしくないの？」

「……恥ずかしいですけど」

首元のリボンを幽鬼(ユウキ)はさわった。

〈切り株〉の衣装。死体から剥ぎ取ったにしては、綺麗(きれい)すぎた。幽鬼(ユウキ)はあまり深いことを考えないようにした。

「初心者を、装っていたんですね」

「うん。でも、十分初心者だと思うけどね。ゲームはまだ十回目だから」

「十分多いですよ。少なくとも、私よりは」

「そうなの？」

「三百人もうさぎがいたのに、なんで誰にも気づかれなかったんです？」質問を続けた。

「十回も参加してたら、そこそこ顔を知られてるはずですよ」

「知られてるはずないよ」伽羅(キャラ)は皮肉な笑みを浮かべた。「だって、毎回、全員殺してるから」

「……なんですって？」

幽鬼（ユウキ）の両目に力がこもった。「ああ、いや、二回目だけは違うな」と修正がある。

「萌黄（モエギ）だけは生かしてやった。いい子だったから」

萌黄（モエギ）。敵方のリーダーの名前。おそらく、あの〈切り株〉の名前。「その人なら、たぶん会いましたよ」

「へえ。どう、元気だった？」

「死んでました」

自分が殺したとは言わなかった。「なんで、ここまで暴れたんです」と続ける。

「毎回全員殺してるって、どうして？　そんな必要のあるゲームなんかないはずですよ。今回だって、〈切り株〉だけを狙えばよかったじゃないですか。萌黄（モエギ）さんが〈切り株〉陣営だったから？　だから手を貸したんですか？」

「いいや」

「殺した数に応じて、賞金にボーナスでも入るんですか？」

「ううん」

「じゃあなぜ。百万人殺せば英雄になれるとでも？」

「だから、この服が欲しかったんだよ」

ジャンパースカートの襟を伽羅（キャラ）は引っ張った。

「無傷で手に入れるにはさ、本人に傷をつけずにやらないといけないじゃない？　でも、それって、思ったより難しくて。かなり暴れられて……だんだん、腹が立ってきて」

幽鬼(ユウキ)は眉をひそめた。「立ってきて……それで?」

「それで終わり」

意味がわからなかった。「殺人行脚に出ることとの関連が見えないんですが」と聞く。

「へえ」

伽羅(キャラ)は、鼻で笑った。

「そう」

そして、幽鬼(ユウキ)に一瞥(いちべつ)をくれた。

それだけだった。


爪先まで凍った。

(33/43)

芯まで凍った。魂も凍った。どこかから血が抜けているみたいにたちまち体が冷えていき、その埋め合わせをするかのごとく頭が熱くなった。オーバークロックした。目が六つになったみたいに大量の情報が流れ込んだ。うさぎの大部屋。森林の模造物。うつ伏せに倒れたたぬきのマスコット。白士の遺体。あまりにもありふれていたので注目を払っていなかったが死体まみれの部屋のありさま。その中でたった一人、実家のリビングでするように壁にもたれてくつろいでいる殺人鬼。体育座り。前髪の下でぎらつく両眼。〈目で殺す〉の慣用句がふと頭に浮かんできて、そういう意味ではないわばかものという突っ込みが聞こえた。

空気が、変わった。

一瞬で、殺し合いのムードができあがった。

「わかんないかな」

ゆらり立ち上がる伽羅。

トレードマークたる、伽羅色の髪が揺れる。

「本当にわからない？　ゲームやってたら、人殺す機会ぐらいあるでしょう？　殺すまでいかなくともさ、人とか物に八つ当たりした経験ぐらいあるでしょう？　だったらわかるはずだけど」

殺人鬼の足が動いた。

対して、幽鬼の足は動かない。

「殺したってさ、気は晴れないんだよ。ただごまかしてるだけ。壊して疲れてわけわかんなくなって、それで怒りが自然に過ぎ去るまでなんとかもたせるんだ。酒あおって将来の不安をごまかすのと一緒だよ。何人殺したって根本の解決にはならない」

伽羅(キャラ)は、また一瞥(いちべつ)する。

怒りをあらわにして「それだ」と言った。

「その目だ。どいつもこいつも殺人鬼って言ったらすぐ見下してくるんだよ。それがまたいらいらするんだよな。私に言わせればねえ、みんなして私を殺人鬼に仕立て上げてるんだ。殺したい気分にわざわざさせてるようにしか思えない。心から殺したくて殺した人間は私の過去に一人もない。環境が私を作った。死にたくないなら萌黄(モエギ)みたいに襟を正せばいいのにさ」

伽羅(キャラ)は、ポケットに手を入れてすぐ取り出した。

笹(ささ)の葉を握っていた。

「わかんないんだったらいいよ、もう」

そう言って、伽羅(キャラ)は、つかつかと表現できるぐらいの速度で歩いてきた。

幽鬼(ユウキ)は、己の足に繰り返し繰り返し命令を与える。動け。動け。動け。動け。動かない。

動きそうな気配すらなかった。

こっちが動けないのなら、あっちを止めるしかなかった。「――そんな」

「そんな八つ当たりに！　あの人が負けたっていうんですか！」

〈あの人〉と言った。だが、それが白士(ハクシ)を指しているのは伝わったようで、「はあ」と気のない返事がある。

「見たらわかるだろ、そんなの」

「九十六回目の最古参ですよ！　それが」

「弱かったよ？」

いともあっさりと、

殺人鬼は、それを口にする。

「そもそもが、ろくに動ける体じゃなかったみたいだし」

（34／43）

今度は。

体だけじゃ済まなかった。頭まで、凍った。

忘我にある幽鬼(ユウキ)の耳に、「見てみなよ、それ」と声が届く。

「中身、おかしいでしょ」

伽羅(キャラ)の視線が横に飛んだ。糸でつながれているかのごとく、幽鬼(ユウキ)の視線も、倣った。

白士(ハクシ)の凄惨な遺体だった。

もはや、遺体という言葉さえ似合わないぐらいの凄惨さだった。ここまでひどく破壊されてしまったものを、この国の法律は遺体と考えてくれるのか。そんな疑問さえ起こるぐらいばらばらにされていた。

パーツのひとつひとつに、幽鬼(ユウキ)は注目する。

〈おかしい〉のかどうか、じっくり見てもいまいち判断がつかなかった。健康な人間の中身というものをまず知らないからだ。だが、言われてみれば、そんな気もしないでもない。文明崩壊後の荒野でやっと育ったニンジンみたいにその肋骨(ろっこつ)は細かったし、内臓はどれもサッカー部の男子みたいに黒ずんでいる。それに、中身が全部出ているにしては、量が少ないようにも感じた。幽鬼(ユウキ)の覚えてる限り、理科室の人体模型に入っているやつは、こんなのではない。

「こんなゲーム百回近くやってちゃあね。ぼろぼろになるよ、そりゃあ」

思い出す。

白士(ハクシ)が、前回のゲームから、三ヶ月もの期間を空けていたのを。

準備にしてもかけすぎではないかと幽鬼(ユウキ)は思っていた。それは。その理由は。

「いいだけ稼いだんだからもうやめればよかったのに。なんだろう、中毒だったのかな」

九十九回のゲームクリア。

ただでさえ、理解不能な目標だった。輪をかけてわからなくなった。体が〈こう〉なった時点でやめどきだとは考えられなかったのか？　伽羅(キャラ)の言う通り中毒だったとしか思えない。そうまでして、こんな体に鞭打って出場するほど、九十九回とは魅力的な目標だったのか？

理解に苦しむ。

〈切り株〉の死に顔が頭をよぎった。

頭の中で、また、虫がわめき出す。

「もういいかな」

足止めもここまでだった。伽羅が動く。

「とにかくさ。まるで相手にならなかったよ。その人に限らず、全員」

速度を上げながら、彼女は続けた。

「あなたも、きっとそうだ」

（35／43）

笑っちゃう話、この期に及んでまだ幽鬼は固まっていた。伽羅が歩行から疾走に変わり、顔面をけわしいものとし、笹の葉の切先を幽鬼に向けるその一部始終をぼうっと見ていた。それが仮にスクリーンの奥の景色だったとしてももっとリアクションがありそうなもので、いやはや、このゲームがどこかに中継されていることを思うとこれはなんとも恥ずかしかった。

〈突っ立ってる場合か〉とばかりに右手が痙攣（けいれん）した。

アサガオを握っていた。

幽鬼（ユウキ）は、急いで、右腕を振り上げた。

三つ、銃声が続いた。全部当たったという確信があった。拳銃を扱った経験は多くなかったが、命中したのは墨家（スミヤカ）の言うところのレディースサイズだからか幽鬼（ユウキ）の才気煥発（さいきかんぱつ）か。三発が三発、頭部に着弾し、それまで伽羅（キャラ）がつけていた勢いを完全に過去のものとした。体が、顎から首にかけてのラインがはっきりと見えるぐらいにのけぞり、若干前に滑りつつも仰向（あおむ）けにすっ転んだ。

ざあっ、と葉っぱが辺りに舞った。

部屋から音が消えた。

自分の心音さえ、聞こえるぐらいだった。

火薬の匂いを感じながら伽羅（キャラ）を見た。倒れていた。掛け値なく。頭からどくどくと流血し、空気に触れたそばから白いもこもこに変貌していた。非常口のマークみたいに片足が曲がっていて、両手はばんざいの格好になっていた。間抜けなさまだった。右手には依然として笹（ささ）の葉が握られてはいたものの、それは死後硬直だかなんだかのはたらきであって、伽羅（キャラ）が握力を発揮できる状態だということを意味しない。頭に三発入れたのだ。たとえ白（ハク）

士（シ）師匠でもそんなことになったら終わりだ。

とはいえ、一応、確認するべきと思った。

幽鬼（ユウキ）は、アサガオを降ろした。このアサガオは弾切れだった。その辺に捨て、萌黄（モエギ）から頂戴した二丁のうちもう一方のほうに持ち替えた。

しかし、構えはしなかった。幽鬼（ユウキ）は、ほとんど無警戒のままで死体に近づいた。

それがいけなかった。

鼠取り（ねずみとり）のごとく死体がばちんと跳ね上がった。

勢いにのせて笹の葉が投擲（とうてき）された。

勢いついていたとはいえ姿勢が姿勢、投擲用のナイフでもなし大した速度はなかったが、しかし意識の埒外（らちがい）だった。もしや死んでないのではとそりゃあ疑いはしたが、こんなにもすばやく反撃に転じてくるとは思わなかった。油断していた。

代償は視界の右半分。

ざっくり、切られた。該当部位を手で押さえた。やられたのは眼球そのものかそれとも周辺か。まんべんなく痛みがあったのでわからなかった。いちいち判断してる時間もなく、幽鬼（ユウキ）は残る左目の焦点を敵に向けた。

殺人鬼が、立っていた。

今このときも、頭から血を流しつつ。

着弾箇所を見た。血と肉と伽羅(キャラ)色の髪と白いもこもこが混ざり合い、もうなにがなんだかわからなくなっているその奥に、前四つのどれにもふさわしくない色が紛れ込んでいた。

銀色だった。

やつの頭に、皮の下に、銀色の光るなにかがあった。

「な……」口に出さずにはいられなかった。「なんですか、それ」

「見てわからない？」

伽羅(キャラ)は、〈それ〉の露出している部分を叩(たた)いた。

かんかん、という、金属音をそれは返した。

「鎧(よろい)だよ。あちこちに埋め込んである。防弾の目的でね」

言葉を失った。

非常識なものには慣れているつもりだった。殺人ゲーム。〈防腐処理〉。たいした動機もなく参加を繰り返すプレイヤー連中。この業界はいつもいつでも非常識と隣り合わせで、幽鬼(ユウキ)も、大抵のことでは驚かない神経を持っているつもりだった。

だけど、これは。

非常識の質が違う。いくらなんだってそれは――。

「ばかじゃないですか!?　サイボーグじゃないですかそんなの！」

「人聞きが悪いな。一部埋めてるだけで、大半はちゃんと人体だよ」

「そんなの反則じゃあ――」

「まさか。これが反則なら銀歯だって反則だよ。逆に聞くけど、なんで生身の丸腰で参加しようと思えるの？　どうして相手より強い装備を持とうと思わないの？　理解に苦しむね」

幽鬼（ユウキ）は、アサガオを構え直す。

だが、どこに狙いをつけたものかわからない。〈あちこちに〉埋めてあると伽羅（キャラ）は言った。急所はあらかたガードしてあるものと考えるべきだろうか。だったら両脚。いや。下半身にも鎧を入れてバランスを取っているかもしれない。さっきの動きの俊敏さからして、全身くまなくガードしているというわけではないのだろうが――。

考えがまとまるのを待ってくれるはずもなかった。

殺人鬼が、走ってきた。

その手にはいつの間にやら二本目の笹（ささ）の葉が握られていた。

ままよ。そう思い、胸の正中狙いを定めてトリガーを引いた。外した。もとい、かわされた。鎧があるからってなにもわざわざ食らうことはないのだった。露骨に狙いを定めたためにタイミングを悟られたのだと幽鬼（ユウキ）は分析し、二発目は西部劇の早撃ちガンマンのように撃った。当たった。脇腹をかすめるようなヒットであり伽羅の前進は止まらなかった。だがコツはつかむ。次は土手っ腹に当ててやると決意し先のアクションを繰り返すが、三発目は出てこなかった。弾切れだった。あの〈切り株〉はこっちのアサガオを五発しか撃たなかったはずであり、幽鬼の戦闘よりも前に一発発射されていたのだとすぐ理解した。なんにせよ弾なしだった。

アサガオを横に向けた。

銃身で、笹の葉を受けた。

鍔迫り合い、にはならない。すぐに伽羅は笹の葉を引いてまた突き出した。かわした。鎧なんてもん幽鬼は入れてなかったので身のかわしには優位があった。かわしつつ、自分も笹の葉を手にとって攻撃に転じた。

受けられた。

笹の葉で、ではない。

首で、受けられた。伽羅の急所にあてがわれた笹の葉は、しかし、そこで停止していた。薄皮一枚切っただけだった。おじいちゃんの喉仏でもこんなに硬くねえだろうという手ごたえがして、こんな、私生活に影響が出そうなとこにも鎧を入れてるのかと戦慄した。

金属を叩いてしまったので、手が、一瞬しびれた。

あちらさんも承知のようだった。

一瞬で、三回か四回か刺された。

「……っ！　ああっ」

情けない声をあげてしまった。

禊（みそぎ）が終わって、幽鬼（ユウキ）は距離を空けた。一瞬だけ下を見た。体から白いもこもこが出ていた。どことどことどことどことどこが刺されたのかなんて知ったこっちゃない。とりあえず、手も足も動いた。たった今気にするべきことはそれだけだった。

「ははっ」

と殺人鬼は殺人鬼らしく笑った。

「いきなり首にくるか。いいね、勇気あるよ！　その辺の雑魚よかよっぽどセンスあるよ！」

笹の葉でもって伽羅（キャラ）は〈その辺〉の死体たちを指した。

その中には、白士（ハクシ）の遺体も含まれていた。

それが、なぜだか、無性に腹立たしかった。「喜ぶな！」と敬語を取りやめて叫んだ。

「今時の時代にバトルジャンキーか!?　流行（はや）んねえんだよ！」

「あなたにだけは言われたくないな！」

「私のなにを知ってんだ！」

「見ればわかるさ！　ばればれだ！」

伽羅はさらに音量を上げた。

「私と同じだ！　この世界が居心地いいんだろう⁉」

心臓が縮むような感覚だった。

平衡感覚がなくなったような、自分の価値が貶められていくような感覚だった。小学生のとき以来味わっていない感覚だった。人と、社会と、関わることをやめてからは、一度として刺激されたことのない感覚だった。

口喧嘩で劣勢に立たされたときの、感覚。

「最高だよなあここは！　変なルールは一個もない！　気色悪いやつは殺してもいい！　好きにやってお咎めないどころか、時にはかわいい女の子が私を慕ってくれたりするんだ！　これを知っちゃったらもう下界には戻れないぜ！　私たちにはここしかないんだ！　ここで死ねたら本望！　そう思ってんだろ心の底ではさ！」

――違う。

そう言いたかった。

〈ここしかない〉のではない。〈死んでもいい〉のでもない。私は、自発的にこの道を選んだ。ここで生きていくことに決めたのだとそう言いたかった。表の世界に馴染めなかったから、ここに逃げ込んでいるかのようなそんな言われようは心外だ。私は自分の人生に誇りがあって、思いつきで行動するお前みたいな殺人鬼とは違うのだと言いたかった。

だが、そう言っては嘘になる。

だが、それだけのものを、幽鬼は所持していない。

必要だった。

勝つために。生き残るために。物語が必要だった。

幽鬼は言った。「――一緒にすんな!!」


（36／43）


口から出まかせではあった。

だが、言霊というやつだろうか、〈それ〉を口にした途端、腑に落ちる感覚があった。

案外、本気で、そう思ってるのかもしれないという、心地いい錯覚で全身が満たされた。

〈目標が欲しい〉という師匠の言葉を幽鬼は心で理解した。

必要なのは、シナリオだ。

物語だ。辻褄合わせだ。

なぜ私はこいつに勝つのか。なぜあの〈切り株〉でなく私が生き残ったのか。納得のいく説明を用意しなければならなかった。戦略的な話ではない。心意気の話だ。幽鬼の心の問題だ。実際の戦法よりまず、この心を、劣勢を感じているこいつを説き伏せておかないといけない。心に弱みを持ったまま戦ってはならない。白士に教えられるまでもなく幽鬼はそれを知っていた。

そして、おあつらえ向きの説明が、手の届くところにひとつ、あった。

わざわざ〈それ〉を選ぶ必要はなかった。師匠を殺したお前を決して許さないだとか、自分という人間の強さを証明したいなんていうストーリーでも問題なかった。にもかかわらず〈それ〉を選択したということが、幽鬼の中にある種の誇りを生んでいた。自分の意思において道を定めたということだからだ。

勝つための宣言ではあった。打算的な行為ではあった。だが、〈それ〉は、こじつけにしては不自然なぐらい幽鬼の体によく馴染んだ。本気なのかもしれない。白士の遺体を目の前にした瞬間から、いや、ひょっとしたら、彼女に出会った瞬間から、〈そう〉したいという欲求がどこかにあったのかもしれなかった。

真相は、本人にもわからない。

しかし、ともかくも、幽鬼は〈それ〉を口にする。

（37／43）

「私はあの人の弟子だ！」

口にする。

「あの人の遺志は私が継ぐ！　九十九回のクリアは私が達成する！　お前みたいなごろつきに負けてらんないんだよ!!」


（38／43）


地面を蹴った。

遮二無二突っ込んだ。

走りつつ、幽鬼は指先で笹の葉の刀身をなぞった。刃こぼれのないことを確認したのだ。目視はしなかった。視線は絶えず伽羅に定めていたからだ。

その伽羅はといえば、薄く、笑みを作っていた。

嘲笑、ではなかった。

今日び少年漫画でもやらないようなお熱い宣誓を幽鬼がしたから、あざけりを表している。そんな種類の笑いではなかった。関心、に見えた。物事が予想外に面白く運んだから、嬉しく思っている。そういう笑いだった。そういう笑いの理由はわからない。わかろうともしなかった。相手は殺人鬼なのだ、わかろうとすればするほど深みにはまるのは自明だったからだ。

笹の葉を握ってないほうの腕で幽鬼は、投げた。

マツボックリだった。

両名の間に、煙幕が展開された。

が、投げた本人であるところの幽鬼が足を止めるはずもなかった。迷わず、這入った。

殺人鬼との距離は正確に覚えていた。事前にイメージした通りに幽鬼の体は動き、左、右、左と地面を踏み、体重を思い切りのせた笹の葉の一発を伽羅のいるはずの位置に見舞った。

空を切った。

ジャンパースカートの茶色を、視界の右端に見た。

次の瞬間、肩口をばっさり切られたのだろうと確信できる痛みが走った。声をあげた。だが足は止めなかった。肩を押さえるのに笹の葉を取り落としつつもなお走り、伽羅の横を抜け、ひいてはマツボックリの煙幕も抜け出た。

不意打ちが目的なのではなかった。

萌黄じゃあるまいし、煙幕を張ったぐらいで動きが止まるわけないと考えていた。ラッキーパンチがないかなあと思わないこともなかったし、だからこそ、一応は攻撃をしてみたのだか、しかし主たる目的は伽羅の横を抜けることにこそあった。

逃げるのではない。

移動するのだ。〈それ〉のそばまで。

〈それ〉に手を当てつつ幽鬼はしゃがんだ。

振り返る。

伽羅も煙から抜け出てくるところだった。

彼女は、たちまち、目を丸くした。

無理もなかった。

幽鬼が触れている〈それ〉は、武器でもなんでもなかったのだから。

たぬき型のマスコットだった。

このゲームの〈解説役〉だった。

（39／43）

おかしいとは思っていた。

〈殺人鬼とは戦うな〉。幽鬼は白士からそう教えられていた。こっちは〈生存〉のプロで、向こうは〈殺人〉のプロだからなのだと。その言葉の重みはたった今痛感しているところだ。真っ向勝負では一ミリたりとも渡り合える気がしなかった。

だが、〈弱かった〉と、伽羅は確かにそう言った。

九十六回もゲームをやって、体がぼろぼろで、だから弱かったのだとやつは言った。我が師匠が弱っていたということそれ自体のインパクトが強く、すぐには気づけなかったが、しかしよくよく考えてみればそれはどうにもおかしかった。

それは、つまり、白士が殺人鬼と戦ったということだからだ。

勝てないコンディションで、勝てないはずの殺人鬼に。

しかし、現に遺体はあった。その上ばらばらに解体されているということは、これは、伽羅を相当に怒らせたものと見ていいだろう。戦闘行為は確かにあった。おかしいおかしいといくら叫んでも疑いようのない事実だった。

そして、我が師匠は、勝算のない戦いはしない。

以上のことから、思う。白士が、この部屋になにか遺している可能性はないだろうか？

この体では勝てぬと悟った彼女が、それでも伽羅に勝利するため、この部屋に来た何者かを〈勝たせる〉ために置き土産をした可能性はないだろうか？

ないかもしれない。

都合のいい考えかもしれない。

だが、その観点で部屋を見渡したとき、〈いかにも〉な場所がひとつあった。たぬきだ。たぬきのマスコットだ。出遅れた幽鬼は話にしか聞いていないのだが、どうやらあれがうさぎ陣営の〈解説役〉であるらしい。その腹は開かれて、中身の電子部品が見えていた。うさぎたちがよってたかってぼこぼこにしたのだと白士は言っていた。

腹が見えていたということは、すなわち、仰向けの状態だったのだが、今現在このたぬきはうつ伏せの姿勢にされていた。たぬきは床に固定されているわけでは別にないのだから、誰かが蹴っ飛ばしただけという可能性も多分にあったが、しかしそうでない可能性も勝るとも劣らぬほどにあった。

なぜなら、白士はこうも言っていた。

――みんなでぼこぼこにして破壊した。

――なにかアイテムを隠してるかもしれないから。

目を丸くする伽羅をよそに、幽鬼は、たぬきを仰向けにひっくり返した。

果たせるかな。

腹の中、基盤の上に、一丁のアサガオが隠されていた。

（40／43）

構えた。

伽羅に、狙いを定めた。

ところで、幽鬼は、右目を切られていた。なので視界は普段の半分しかないのだが、それすらも、にじんだ。涙をこぼすとまではいかなかったが危ないところだった。

感じ入ったのだ。

どんな気持ちで、白士（ハクシ）はこれを隠したのか。

自分で使うこともできたはずだ。いくら体が不調だからって、狙いを定めてトリガーを引くぐらいのことはできたはずだ。少しは勝率も上がったかもしれない。だが、あえて、彼女は封じた。〈これ〉を伽羅（キャラ）に奪わせないため。いつかこの部屋に来た誰かのために。〈こんなふう〉に最高のタイミングで不意を打ってくれると期待して。

たぶん、八発まるまる、残っていた。

続けざまに撃った。三発。標的はあらかじめ決めていた。肩と腹部と右脚だった。萌黄（モエギ）に命中させたのと同じ部位である。推測するところではあいつは伽羅（キャラ）の弟子で、師匠と違ってどうやら頭には鎧（よろい）を入れてなかったようだが、しかしほかのところには入れてたかもしれぬ。萌黄（モエギ）はこの三箇所を防御してなかったのだから、伽羅（キャラ）も、同箇所については無防備なのではないかという荒っぽい読みだった。

読みはどうだか知らないが、少なくとも、弾は当たった。

伽羅（キャラ）の脚が、止まった。

崩れた。地面に膝をつくとともにその右腕が動いた。笹（ささ）の葉を投げるモーションだった。

しかし、けっこう、どこでも好きなとこ狙えと思いつつ幽鬼（ユウキ）は構えを崩さなかった。

続けざまにまた三発。

四発目。外した。伽羅（キャラ）が姿勢を低くしたためだ。

五発目。当たったが頭部だった。伽羅（キャラ）が体を前に倒していたためだ。

六発目は笹の葉が投擲（とうてき）されるのと同時だった。胴体を狙いにくい位置関係だったので、仕方ない、左の太ももに撃った。貫いた。それはいいのだがしかし回避する時間的余裕はなかった。高速で飛んできた笹の葉が幽鬼（ユウキ）の胸元に迫り、そして、
貫かなかった。

バニースーツの、ちょうどボタンの部分に当たった。幽鬼（ユウキ）の足下にあっけなく落下した。

幽鬼（ユウキ）は、笑った。

この衣装も悪くねえなと思った。

七発目を撃った。予想外のエラーに見開かれていた伽羅（キャラ）の右目に当たった。おかえしだった。どんなに防御の堅いやつでも目と口は無防備。バトル漫画のそんな常識を思い出した幽鬼（ユウキ）は八発目を口にぶち込んだ。当たった。なにかの間違いで九発目も出ねえかなと思いつつトリガーをかちかちするがそれはさすがに。伽羅（キャラ）が投げた笹の葉を幽鬼（ユウキ）は拾った。

そして、うつむく殺人鬼に迫った。

刺した。

顔に。胸に。手に足に。滅多（めった）刺しとはこのことだった。伽羅（キャラ）の笹の葉はもう品切れらしく、両手の爪でもって彼女は抵抗してきた。そんなもん怖くなかった。刺した。ダメージ

を与えることからとどめを刺す方向へと意識が向かい、攻撃箇所が次第に急所へ寄っていった。例により胸にはプレートが入っていたので、内臓もろとも腹を切り裂く方向に落ち着いた。刺して、刺して、刺して、刺して、拳が丸ごと腹の中に入っちまうぐらい深く刺して、

そして、ようやく、伽羅（キャラ）が事切れているのに気づいた。

（41／43）

視界が広がった。

手を止めて、息を整えて、己の成したことがよく見えるようになった。目の前にあったのは、伽羅（キャラ）の、死体。腹をずたずたに引き裂かれた死体だった。白士（ハクシ）のそれに凄惨さでは遠く及ばないものの、しかし、間違いなく、賭けの成立しないぐらい見るからに死体だった。

幽鬼（ユウキ）は、左手を、笹（ささ）の葉を握る手を見た。血塗（ちまみ）れではなかった。〈防腐処理〉により、血液はすべて白いもこもこになるためだ。たった今殺人を行なったばかりとは思えぬほど、その手は綺麗（きれい）だった。バニースーツの袖にも染みひとつなかった。

手から笹の葉がこぼれ落ちた。

幽鬼は、その場に寝そべった。

油断だった。ベストな振る舞いではなかった。だって、さっき、死んだと思ったのに死んでなかったのだ。ゲームだってまだ続いているのだ。生き残りの〈切り株〉がどこか物陰に隠れていて、漁夫の利、とはちょっと違うが、手負いの幽鬼に襲いかかってくる可能性だってある。幽鬼だってそんなこと、頭ではわかっていた。けれども余裕がなかった。肉体的にも、精神的にも、これまでのゲームとは比べ物にならないほど疲労していたのだ。

充実した疲労だった。

幽鬼は、ゆっくりと息をした。木立を模して作られたセットから、光が差していた。光合成をしているかのように体がみるみる楽になってきて、何事もなければそのまま眠りにつきさえしていたかもしれなかった。

仮定の話だ。

実際には、足音があって、幽鬼は体を起こした。

部屋の入り口に〈切り株〉がいた。

藍色の瞳が印象的な娘だった。疲れ切った顔をしていた。神頼みするかのように両手を合わせていて、そして、その手と手の間には笹の葉が握られていた。

うさぎと、〈切り株〉。

このゲームの、本来の対立構造。

その娘はしばらくじっと固まっていた。「やるかい」と、幽鬼(ユウキ)は声をかけた。

「……いいえ」

娘は、両手を上げた。それと同時に、笹(ささ)の葉が床に落ちた。

「もう、五人殺したので。いいです」

「へえ」幽鬼(ユウキ)は驚いた。「すごいな」

「うんざりです。もう金輪際関わりたくないです、こんなゲーム」

幽鬼(ユウキ)は、はにかんだ。皮膚が引っ張られて右目が痛んだ。「そうだろうねえ」


（42／43）


こうして、ゲームは終わった。

過去最大級の参加人数を記録した〈キャンドルウッズ〉は、同時に、過去最低の生還率を記録することにもなった。三百三十名中、二百九十八名のうさぎと二十九名の〈切り株〉が死亡。生還を果たしたのはわずか三名であった。

プレイヤーネーム〈幽鬼(ユウキ)〉、本名、反町友樹(そりまちゆうき)。

プレイヤーネーム〈藍里(アイリ)〉、本名、一瀬藍里(ひとせあいり)。

プレイヤーネーム〈白士(ハクシ)〉、本名、白津川真実(しらつがわまなみ)。

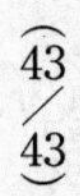

3.ライフタイムジョブ

（0／7）

六畳一間のアパートで幽鬼（ユウキ）は目を覚ました。

（1／7）

このゲームのなにが嫌って、この瞬間がいちばん嫌だった。懐かしき我が家の天井。六畳一間の、ボロアパートでございな天井。楽しい時間が、命懸けのゲームが、世界で唯一この私が活躍できる最高の舞台が、終わったのだとまどろむ頭に叩（たた）き込（こ）まれてしまうのだ。起きてまもなく嫌な気分にされてしまうのだった。

幽鬼（ユウキ）は、起きた。

起き上がった。体の駆動に、支障はなかった。右目も治っていて、視界はちゃんと立体的だった。脱いで全身確かめたが、刺し傷も全部、ふさがっていた。完全回復だった。眼球すらも治してのける運営の手腕に幽鬼（ユウキ）は賞賛を送った。

枕元の携帯を手に取る。夕方の五時だった。そういえば窓の外が赤かったことに今更ながら幽鬼（ユウキ）は気づいた。わざわざ確認するまでもなかった。夕方だった。幽鬼（ユウキ）の活動するタイミングでは、まだ、なかった。

基本的に、夜行性の人間だった。朝の七時にいつも寝て、夜の七時に起床している。衝撃の十二時間睡眠だった。中学を出て、当てもない暮らしを続けているうち、自然とこうなった。自分のことを、世間様に顔向けできない恥ずかしい人間だとみなしているというのが、たぶん、その理由だった。人目が怖くて日中には出歩けないのだ。

寝るか。

そう思った。

あと二時間、私の時間になるまで。眠気はばっちり取れていたので寝付くことはできないだろうが、しかし、横になってぼうっとするぐらいのことはできる。不健康な若者らしくスマホをいじったっていいだろう。ともかく二時間。一度は剥いだ毛布を幽鬼は再び被って床に就いた。

すると、たちまち、心にわだかまりが生まれた。

不満というか、罪悪感というか。そんなんでいいのかお前、という声が聞こえてきた。二度寝の経験は数知れない幽鬼だったが、こんなことは初めてだった。毛布の中でもぞもぞとしながら、なぜだろうと考えた。

すぐ、原因に思い至った。

幽鬼が、師匠の後を継いだからだった。

〈キャンドルウッズ〉を生き延びるために吐いた、出まかせ。あれが、幽鬼の思う以上に、彼女へ影響しているようだった。まったく驚くべきことであるが、ちゃんとしなければ、白士（ハクシ）の後継者らしい振る舞いをしなければという心が、幽鬼（ユウキ）の中で萌芽（ほうが）しつつあるようだった。

時が経（た）つごと、わだかまりは急速に膨らむ。

「ああっ」

と言って毛布をはぐった。この毛布では、もう抑え切れなかった。「起きりゃいいんだろ」と独り言を吐きつつ、幽鬼（ユウキ）は外に出た。

（2／7）

どこに行くって、歩いて五分のコンビニしか行くところはない。

食生活にまでも〈ちゃんとしろ〉の声が入ったらどうしようかと幽鬼（ユウキ）は心配したが、杞憂だった。糖質と塩分と脂肪分と添加物をばちばちに含んだコンビニ弁当を引っ提げて、幽鬼（ユウキ）は部屋に戻った。

幽鬼（ユウキ）は、食材の買い出しが下手である。

なぜって、買ったものを食欲のままに全部食ってしまうのだ。だが、このとき、珍しいことに、幽鬼（ユウキ）は買ってきた弁当を床に置いてしばらくおあずけにした。クローゼットを開け、隅っこに畳まれているというよりかは丸めてあるだけのそれらを、床に広げた。

これまでのゲームで使用した衣装だった。

前回は、巫女（みこ）。前々回はスケバン。前々々回はスクール水着で、以下略。合計六つの衣装がそこにはあった。それに加え、かびが生えたので捨ててしまった衣装も二つあったと幽鬼（ユウキ）は記憶しているので、計八つ。

今回のバニースーツを加えて、九つ。

それが、幽鬼（ユウキ）の現在の記録だった。

九回。九十九回まで、あと九十回。目標は遥（はる）か彼方（かなた）だった。過去のゲームの振り返りなどしたことのない幽鬼（ユウキ）だったが、強く記憶しているピンチのひとつやふたつはある。それなりの修羅場をくぐってきたという自負はある。今回のゲームは言うまでもなく、前回も前々回も、きわどい場面をくぐり抜けて、そうしてやっとこの九回という記録につながったのである。

それをあと十セット繰り返さなければ、九十九には届かない。

改めて認識する。

我が師匠の化け物ぶりを。自分のかましたはったりの大きさを。

しかし、幽鬼（ユウキ）は力を込めて言った。

「やってやるよ、ちくしょう」

（3／7）

時はさかのぼる。

（4／7）

〈キャンドルウッズ〉が終わった。

例の殺人鬼の脅威が去ったあと、数少ない生存者たち——幽鬼と藍里は、迷路の中に用意されていた、各種生活設備を取り揃えた部屋で過ごした。以降、ゲームの局面が動くことはなく、このまま続けることに意味はないだろうと判断されたので、三日目に早期終了の措置がとられた。二名のプレイヤーを引き上げさせたのち、当ゲームの運営組織に属する職員たちが、後始末のため会場中であくせく働いているところだった。

そんな中、一人の職員が、大部屋にいた。

うさぎエリアの大部屋である。

三百のうさぎが集合し、白士が殺され、そして幽鬼と伽羅が死闘を演じた部屋である。

あのときのままに凄惨なさまで白士の遺体はほっとかれていて、例の職員は、その真ん前に立っていた。

　職員は言う。

「迎えに参りました」

　遺体に、話しかける。

「ゲームは終わりましたよ。もう、死んだふりはいりません」

　少しして。

　ぎ、という、軋（きし）む音がした。

　さらに少しして、音が、連続した。ぎぎ、ぎ、ぎぎと耳障りな音が続いた。

　それが終わると、凄惨な遺体が凄惨さを残したまま立ち上がっていた。

　全身を白いもこもこに覆われていて。

　骨も、筋肉も、臓腑（ぞうふ）も、ありとあらゆる部品を破壊されていながら。

　殺人鬼に手ずから解体されたのにもかかわらず、立っていた。さながらハロウィンの仮装のように。

「相変わらずですね」

と職員は言った。じつは、この職員、白士専属のエージェントであった。

「いつも思いますけど、一体どうなってるんです、それ？」

白士は答えなかった。

あの状態じゃ声は出ないか。そう職員は思った。

〈あれ〉が一体どういう仕組みによるものなのか、職員は知らない。運営が関与しないところでの人体改造だからだ。〈防腐処理〉も大概だが、頭に鎧を埋め込んでいたあの殺人鬼も大概だが、白士の〈あれ〉はもはやこの世のものではなかった。筋肉も骨もなく、立ち上がれるなんてこと人体の構造上ありえないのだ。物理を超越したなにか、それこそ呪術の類でもはたらいているとしか思えない。

ない話ではなかった。

なにせ、五百兆分の一の超人だ。

神懸かりのひとつやふたつ、あったっておかしくはない。

「おめでとうございます。これで、九十六回目ですね」

職員は言った。ぱちぱちと手を叩いた。

「あと三回。楽しみにしておりますよ」

心からの言葉だった。

こんな人命の軽いゲームで、九十九回クリアというまさに奇跡の記録。立ち会えるなら、ぜひとも立ち会いたかった。

　だが、白士（ハクシ）は、首を横に振った。

「……？」職員は眉をひそめる。

「私は引退だ」

　白士（ハクシ）は、言った。

　声を出したのだった。化け物だとつくづく思った。

「あちこち体を弄（いじ）ってごまかしてきたがね。年貢の納め時だよ。あんなやつに遅れをとっているようでは次のゲームはもう無理だ」

「そうはまったく思えませんが」

「いや、わかる。女の勘だ」

　古臭い表現だった。「あの、幽鬼（ユウキ）とかいうお弟子さんに託したので？」と職員は聞く。

「ああ。あの殺人鬼に言ってやった通りだ」

「なんだか妙に嬉（うれ）しそうな顔してましたよね、伽羅（キャラ）さん」

「やつも弟子持ちらしいからな。思うところあったのだろう」

「確信はあったんですか？　幽鬼（ユウキ）さんが、ああいうふうに言ってくれると」

「あそこまで露骨に言うとは思ってなかった。なにかあったのかね？」

「アーカイブを確認されますか？　引退なされるということでしたら、当クラブへ招待しますが」

「いや、いいよ。覗き見は趣味じゃない」

ある意味、このゲームをまるごと否定する発言だった。職員は苦笑する。

「差し当たって心配なのは、三十回目を乗り切れるか、ですかね」

「〈三十の壁〉か」

それまで順調にゲームをこなしてきたはずのベテランが、三十回目付近で急激に生還率を落とす現象。単なるベテランとトッププレイヤーを選り分ける儀式。

「懐かしいな。今でもときどき思い出すよ、〈あれ〉のことは」

「嬉しいお言葉ですね。作品について思い出していただけることは、私たちにとってなによりの励みです」

「いい機会だから聞いておきたいんだが、〈あれ〉はなんなんだ？　運営の嫌がらせか？」

「まさか。スターの登場は、私たちにとっても喜ばしいことです。生還者が増えるように細工するのならともかく、死にやすくなるような計らいなどいたしませんよ」

「本当かね……」

口もないのにため息をつくような動作を白士はして、

「まあ、やつなら心配あるまい。三十ごときでつまずくような器ではないよ」

「おや。それはどうして？」

「なぜだと思う？」

「〈三十の壁〉を乗り切るこつ、みたいなものがあるのでしょうか。それをお弟子さんに伝授なさったとか」

「外れだ。〈あれ〉は言ってみれば〈呪い〉と同じだ。呪いを相手に決まりきった攻略法なんてものはないよ」

「すると、お弟子さんによっぽど光るものがあるのでしょうか。あなたと同じか、あるいはそれ以上の――」

「いいや。センスはせいぜい中の上だな。墨家（スミヤカ）と同じぐらいだ」

「ああ見えて、じつはすごい努力家だったり？」

「まさか。やつのエージェントに聞いてみろ。世界一だらしのない女だよ」

「あなたと同じ肉体改造をしているとか？」

「〈これ〉のことは教えてすらいないし、教えるつもりもない」

「……なら、どうして？」

白士（ハクシ）の、頭部の一部が歪（ゆが）んだ。

笑ったのだ。

彼女は冗談めかして言った。

「幽霊だからさ。幽霊相手に〈呪い〉は効かない」

（5／7）

時は現在に戻る。

（6／7）

幽鬼（ユウキ）は考えた。

九十九回を生き延びるのに、私がしなければいけないことはなんだろう？
思いつくことは全部やった。まずは部屋の掃除をした。ごみ捨てにも行った。ノートとペンを買ってきて、過去のゲームの振り返りも一通り済ませた。大量のハンガーを買ってきて、衣装を全部クローゼットにかけるようにもした。食生活も見直した。運動不足な生活習慣についても、まあ、少しずつ見直していく方針を固めた。
そして、これが最後のひとつだった。

「……ゲームだと全然恥ずかしくないのに、なんでかな……」

幽鬼（ユウキ）は、熱を帯びた自分のほおを触った。
インカメラの起動されている携帯の画面に、むずがゆい顔をした幽鬼（ユウキ）が映っていた。原因は、その首から下にあった。幽鬼の体を今現在包んでいるものは、室内用のジャージでもなければ、外行きのジャージでもなかった。

見目麗しいセーラー服だった。

通販サイトで購入した、いわゆる、なんちゃって制服というやつだった。制服である必要は特になかったのだが、私服を選ぶセンスが幽鬼にはなかったので、これにしてみたのだ。その選択を幽鬼は猛烈に後悔していた。年齢的には現役の高校生でも通るわけで、なんならコスプレでさえないはずなのだが、ものすごく恥ずかしいことをしているという認識がなぜかあった。

とはいえ、出発の時間が迫っていた。

別の服を用意する時間も、もはやない。

そして、行かないという選択もない。九十九回を生き延びるのに、〈知識〉は絶対に必要だ。かちかち山がどういう話なのかさえ知らない、九十九回のゲームに生還できる確率の計算すらできない女が、一流になんかなれるわけがないのだから。

幽鬼は、これまた通販で買ったローファーを履いて、外に出た。

空が赤かった。夕方だった。普通の学校ならとっくに放課後の時間帯だが、これから幽鬼が通うのは定時制なので問題なかった。

とはいえ、さっき見た携帯の時刻からして時間に余裕はなさそうだったので、幽鬼は走った。スカートをはためかせながら走る幽霊女に、多数の通行人から視線が向けられるが、幽鬼(ユウキ)は少しも恥ずかしいと思わなかった。昨日までよりも強く地面を蹴っている感じがしたし、いくら走ってもまるで疲れを感じなかった。きっと、自分の道を進んでいるからだろう。幽鬼(ユウキ)の中枢に据えられた〈目的〉が、全身の隅々にまで力を与えていた。

これから私は、プレイヤーとして生きていく。

死亡遊戯で飯を食う。

（7／7）

解説　二語十（にごじゅう）

人を選ぶ作品、賛否両論。そういったフレーズを使って売り出される小説はたまにある。事実、そういった流行によらない作品は、市場におけるジャンルの間口を広げる役割を果たす上でも意義があるだろう。またそれが本作のように新人賞出身の作品であるというのはより好ましいのではないだろうか。たとえば流行に沿ったような小説は、すでに十分な力量と知名度のある作家によって高いクオリティで生み出されているのだから。

が、しかし同時にこうも思う。人を選ぶ作品、賛否両論。それらの言葉が、作品のクオリティに対する世間の批判を封じる免罪符になってはいないか、と。これは読み手を選ぶタイプの小説であるから、広く受け入れられなかったとしても仕方がない。十人の読者がいてその内の九人に刺さらなくとも、残る一人の心に深く刺さればそれでよいのだ。

こういった言説と姿勢はエンターテイメント作品を世に送り届け、多くの人を楽しませる責任を負う者としては些（いささ）か不誠実ではなかろうか。この作品を必要としている誰か一人に届けばよい……わけではない。娯楽小説を書く以上、一人でも多くの人を楽しませる努力を怠っていいはずがないからだ。

ではそれを踏まえ、新人賞の審査会では大きく評価が割れたという本作は、出版にあたってどういった作品に仕上がっていただろうか。少なくとも、賛否両論の看板のもとにクオリティを犠牲にしてはいなかったのではないかと思う。冒頭から最後の一文まで、多くの読者を楽しませようという意図を最大限に感じた。

たとえばデスゲームものにありがちな過剰にグロテスクな表現だが、本作は必ずしもそういった飛び道具に頼っていない。むしろ衝撃的なシーンはあえて読者の想像に委ねるにとどめ、あるいは〈防腐処理〉といったユニークな設定を活かすことで不必要に過激な描写を避け、読者の生理的嫌悪を抑えている。

デスゲームに参加する少女たちが、メイド服やバニースーツを纏うというのもライトノベルとしてビジュアルを意識した作品づくりになっている。また読者を飽きさせないテンポ感、適度な視点の切り替え、一冊として読んだ時の時系列の描かれ方など、どれもが作品のクオリティ向上に寄与しているだろう。尖るべきところは尖り、且つ、ストーリー、世界観、構成、文章表現、それらすべてに妥協もない。

では結果、本作はこれから世間にどんな評価を受けるだろうか。やはり、賛否両論だろう。評価が割れる大きな理由は恐らくただ一つ、キャラクターである。幽鬼という主人公。彼女を受け入れられるか否か。本作を手に取った読者による闊達な議論がＳＮＳなどを通して広く交わされる時を楽しみに待ちたい。

解説

竹町(たけまち)

「えげつないものを読んでしまったなぁ」というのが正直な感想だ。

いわゆるデスゲームものは、多くの過去作がある。映画で言えば『Cube』、小説は『バトル・ロワイアル』『クリムゾンの迷宮』『インシテミル』。近年ではドラマの『イカゲーム』も話題になった。これだけあれば「誰もが楽しみやすい」定石みたいなものも生まれており、多くのデスゲーム作品はそれに沿う。「軽い気持ちでorある日突然、死のゲームに巻き込まれ、狼狽(ろうばい)している参加者の一人が死に、パニックが広まり――」という具合に。

私も最初は、そんな話かな、と予想して読み始めた。そして驚いた。愕然(がくぜん)とした。

本作品はそんなデスゲームのお約束をことごとく無視した怪作なのである。

まず主人公に切実な理由がない。「金のため」「日常に戻るため」等といった分かりやすく共感できる動機では進行しない。そして序盤にパニック要素がない。慌てふためく参加者の中で主人公は冷静。どころか、ご丁寧に他参加者にゲームの解説まで始める始末。

最終選考では賛否両論だったというが、よく分かる。いやいや待ってくれ。前半だけで、もう滅茶苦茶だ。この題材を活かすなら、次のように変更すべきじゃないか？

『目覚めると○○は見知らぬ洋館の食堂に横たわっていた。見渡せば、自分と同じような少女が五人。全員が「こんなゲーム知らない」と狼狽する。混乱の中、少女たちは協力して屋敷からの脱出を目指すが、悪意に満ちた罠が阻み、半数は脱落する。それでも、なんとかゴール直前まで辿り着く。しかし、そこで○○は仲間を裏切り、自分だけ脱出する。実は彼女はゲームの経験者であり、生き残るため初心者のフリをしていただけなのだ』

――とここまで書いてハッとする。私の変更案の方が圧倒的につまらない、と。そう、この作品はハチャメチャに違いないのだが、その箇所を変更してしまうと途端に魅力が消えてしまうのだ。（単に私のセンスがないだけかもしれないが）

少なくとも私は、主人公の心情を理解できなかった。だが、その理解できなさ――私の思考の枠に収まらないことが、非常に魅力的だった。だとすれば、楽しみ方は簡単だ。この滅茶苦茶さ加減をひたすら堪能すればいい。「分かろう」と考えたのが間違いだった。

そして滅茶苦茶っぷりは後半、更に加速する。ゲーム性を無視して敵味方関係なく殺す殺人鬼。果てには、謎の技術で生き返る師匠。「一体なんなんだよ、これはっ⁉」『絶賛』というより『激怒』みたいな感想だが、そうでなくてはつまらない。新人賞作品に求められるのは、きっとテンプレに忠実な小器用な作品ではない。型破りで常識離れしたパワーだ。その暴走っぷりにある者は眉をひそめ、ある者は夢中でページを捲りたくなるような個性。唯一無二の読後感を読者に抱かせる力が、この作品にはある。

あとがき

……釈明をさせてください……。

こんにちは、鵜飼有志と申します。お二方に続き、及ばずながらこの場を務めます。

まず初めに、ここまでお越しいただいた読者のみなさまに、お礼を申し上げます。本を一冊読む。この時代においては、たやすくないことです。時間というものが人類史上比類なく貴重である昨今、小説よりも手早い娯楽がいくらでもある昨今、それほどの手間を本書に割いてくださったことには、感謝以外の感情がありません。本当にありがとうございます。

さて、本書を読破なされたみなさまにおかれましては……おそらく、全員、ひとつの感想を抱かれたことと思われます。それは僕が、受賞の日から今日に至るまで、つい二ページ前や四ページ前にも、ありとあらゆる表現で言われてきたことでもあります。

これは一体なんなのか。

こんなものがお話として成立しているといえるのか。

この野郎は一体、なにを思って、こんなおどろおどろしいものを書いちまったのか。

……繰り返しになりますが、釈明をさせてください。

　さかのぼること、二〇二一年。僕は、それはもうどろどろに腐っていました。投稿生活に花開く気配がなかったせいか、社会能力のないことを思い知りつつバイトを辞めたせいか、しんどいニュースを探すには苦労しない近頃の世のせいなのか、あるいは低気圧のせいだったかもしれません。

（バイトを辞めたので、自然の摂理として）減っていく預金残高を見つめつつ、うだつのあがらない毎日を過ごすうち、人間の生き死にについて考える時間が増えていきました。そして、その結果として、いくつかの信念を獲得するに至ったのです。人はみな、ゆるやかに死に向かいつつあるのだ。どうしようもなくなった人間の手元に残る最後のものは、死に方を選ぶ権利だ。死に方を決めることは、生き方を決めることと同義だ。

　それらは当然、僕の書くものにも反映されることになります。あるときから、投稿作に混沌（こんとん）とした毛色が見え始めたのを、よく覚えています。その色は時とともに濃くなり、僕自身の制御も及ばないほどになり、やがて、それに最もふさわしいであろうジャンルと結合を果たしました。

　そうしてできたのが、本作というわけです。

　要するに、うまく結果が出なかったから、物騒な気持ちになって物騒なものを書いちまったということです。まさか受賞するとは思わなかった、と受賞時コメントでは述べましたが、本心でした。こんなにもいびつな話が実を結ぶとは、世の中、なにがあるかわからないものです。

とはいえ――。まったく荒唐無稽の話だとは思いません。ああいうふうな出来事も、ああいうふうな人物も、たぶん、この世のいろんなところにあるのだと思っています。

謝辞に移ります。

まずはなんといっても、編集O氏と、ねこめたる先生に絶大なる感謝を。現在の幽鬼（ユウキ）の幽鬼（ユウキ）たる由縁は、お二人のディレクションにあるということを、ここに白状いたします。捕獲された宇宙人のごとく、わたくし鵜飼（うかい）がお二人に両腕を引っ張られるという形で、『死亡遊戯』は成り立っております。まことにありがとうございます。

解説を寄せてくださった、二語十（にごじゅう）先生、竹町（たけまち）先生にもお礼をいたします。モノがモノなので、さぞやコメントに困ったことでしょう……。そのことに対する『すいません』と、その二倍の大きさの『ありがとうございます』とを、重ねてお渡しします。

MF文庫J編集部と、審査員の先生方にもお礼を。こうして今、口だけでもいっぱしのことを言っていられるのは、みなさまのおかげです。謹んでお礼申し上げます。校正さま、デザイナーさま、印刷所のみなさま、書店員のみなさま、繰り返しになりますが読者のみなさま……。目の届く範囲、感謝を振りまく所存です。ご迷惑でなければ、受け取っていただけますと幸いです。

……ところで。

すでにお見知りおきかもしれませんが、本作には、公式ツイッターアカウントが存在しています。ちょうどそこに二次元コードが印刷されていますので、フォローをお願いします。そうしてもらえれば、きっといいことがあります。

それでは……。ご縁があったら、『死亡遊戯』二巻でお会いしましょう。

子感度は大事だからね、このゲームでは」

「わからせに来たのさ。このまま死なれたんじゃ、消化不良だからね。
今のうちに認めてもらっとかないといけない。どちらが上でどちらが下なのか

「あっちのチーム、
全滅させてきました！
これで五枚追加です！」

〈キャンドルウッズ〉から三ヶ月。
私はプレイヤーに復帰した。
足元の不安な廃ビルから
脱出するゲーム〈スクラップビル〉。
高飛車なお嬢様のプレイヤー、
御城に困らされながらも、
私はゲームをこなす。
——それから時は過ぎ、
私は三十回目にさしかかる。

「悪いけど、ロングスリーパーでね。
いつも参戦が遅れるんだよ」

「死んでたまるか！」

「なんてざまですの!?〈キャンドルウッズ〉の
生き残りがするプレイですか、これが！」

「わたくしは！こんな女と再会するために、
四十回もプレイを重ねたんじゃありませんわよ!!」

〈三十の壁〉。
三十回付近のゲームで、プレイヤーに
不幸がたたみかけるという
業界の〈呪い〉。
その影響か、
あるいはそれを気にするせいか、
私は調子を落としていた。
そんな私に、
さらに近づく影がひとつ——

ってなのかね。制服着るのだって愛想良くするのだって、
称を〈私〉にするのだって、できなくはないし苦痛を伴うことでもないはずなんだけどな……。
してか、うまくいかなかった。人の首かっきって殺すほうが簡単だ」

MF文庫J

死亡遊戯で飯を食う。

2022年11月25日　初版発行
2024年10月5日　13版発行

著者　鵜飼有志

発行者　山下直久

発行　株式会社KADOKAWA
〒102-8177 東京都千代田区富士見2-13-3
0570-002-301（ナビダイヤル）

印刷　株式会社KADOKAWA

製本　株式会社KADOKAWA

Printed in Japan　ISBN 978-4-04-681937-6 C0193

◆◇◇

この作品は、第18回MF文庫Jライトノベル新人賞〈優秀賞〉受賞作品「死亡遊戯で飯を食う」を改稿・改題したものです。

【 ファンレター、作品のご感想をお待ちしています 】
〒102-0071 東京都千代田区富士見2-13-12
株式会社KADOKAWA　MF文庫J編集部気付「鵜飼有志先生」係「ねこめたる先生」係